In den 6 Geschichten erzählt der Autor von unserer Welt, wie sie sein könnte, wie sie andere sehen, und wie es ist, wenn wir sie verlieren würden. Die Stories sind einerseits ernst und nachdenklich stimmend; andere sind dafür lustig und zum Schmunzeln. Gemeinsam haben sie alle eines: sie sind unterhaltsam. Aber sie eignen sich nicht nur für Leseratten und Fans von Science Fiction. Auch wer einfach nur mal nebenbei etwas reinschnuppern und schmökern möchte, liegt bei diesem Buch goldrichtig.

Das Buch ist auch als Kindle-eBook erhältlich.

Sven Svenson

Die Fremden
von der Erde

Kurzgeschichten

Meiner Mutter gewidmet.

1949 – 2014

Inhaltsverzeichnis

Der Bunker..................................7

Die Fremden..........................20

Das Patent...............................23

Mutter Erde...........................32

Schnick......................................49

Das Fenster............................54

Das Impressum befindet sich am Ende des Buches.

Der Bunker

Der Alexanderplatz war für Berlin so etwas wie der Trafalgar Square für London, der Rote Platz für Moskau oder die Piazza San Marco für Venedig. Er war ein Wahrzeichen und ein Treffpunkt für Besucher und Einheimische gleichermaßen. Hier war Geschichte geschrieben, Barrikaden errichtet und demonstriert worden. Regime kamen und gingen, der Platz blieb. Die Berliner waren stolz auf ihren »Alex« und die Sehenswürdigkeiten, die in einem Atemzug mit ihm genannt wurden: die Weltzeituhr, der Fernsehturm, der Neptunbrunnen und das Rote Rathaus.

Doch das alles war plötzlich fort.

Verschwunden.

Es hatte lediglich eine Sekunde gedauert, vielleicht war es auch ein Zehntel mehr, oder es war eines weniger - so genau wollte das wohl niemand wissen. Der Alexanderplatz verdampfte in glühender Hitze, und die Stadt Berlin, die fast achthundert Jahre alt war, und in der weit über drei Millionen Menschen lebten, wurde einfach weggewischt. Es geschah auf einen Schlag, einem *Atomschlag*.

Ein gigantischer Feuerball über dem Zentrum der Stadt wuchs rasend schnell und stieg dabei zum Himmel empor. Dabei entstand eine Säule aus Flammen und Rauch, die sich gemeinsam mit dem Feuerball zu einem pilzähnliches Gebilde von mehreren hundert Metern Höhe formte. Währenddessen rasten harte Strahlen gefolgt von einer Druckwelle in alle Richtungen, verbrannten und zerschmetterten alles und jeden auf ihrem Weg. Es gab kein Entkommen.

Im Umkreis von acht Kilometern wurde jegliches Leben ausgelöscht, Bauwerke - alte und neue - zerstoben wie eine Handvoll Sand im Sturm. Nur in den Randgebieten der Stadt gab es vereinzelt Leute, die das Unfassbare überstanden. Aber sogar sie waren verstrahlt, verbrannt und vom Tod gezeichnet. Sie würden in den wenigen Tagen oder Wochen, die ihnen noch blieben, wohl kaum wieder glücklich werden. Viele von ihnen begriffen nicht einmal, was ihnen widerfahren war.

»Oh, mein Gott«, stöhnte Kanzler Junginger.

Die Filmsequenzen auf dem Monitor waren teilweise stark verwackelt und abgehackt, aber sie vermittelten dennoch das Grauen des Ereignisses. Der Kanzler schüttelte immer wieder den Kopf und an der hervortretenden Ader an seiner rechten Schläfe war seine Anspannung zu erkennen.

»Ich kann es nicht glauben«, sagte er mit belegter Stimme. Seine Augen waren gerötet, und er hatte die Hände ineinander verschränkt, um so das starkes Zittern kontrollieren zu können.

»Wir bekommen jetzt die Bilder aus Hamburg«, wurde er von seinem persönlichen Assistenten Rüdiger Bergholm informiert.

Doch bereits nach wenigen Sekunden, in denen diese Aufnahmen gezeigt wurden, wandte sich Junginger vom Monitor ab. Alles glich sich so sehr, dachte er bestürzt, die Explosion, die Druckwelle, all die Zerstörungen. Und am Schlimmsten war die Gewissheit, dass auch die

Menschen in dieser Stadt einfach pulverisiert wurden. Dies war zwar nicht direkt zu sehen, aber er wusste es.

»Das reicht«, meinte er, atmete tief durch und fragte: »Wo wurden wir noch getroffen?«

Bergholm blickte auf einen der Ausdrucke in seiner Hand. Einen Moment zögerte er, dann las er vor.

»Berlin, Hamburg, Hannover, München, das Ruhrgebiet ...«

»Das Ruhrgebiet?«

Junginger schrie es fast.

»Ja, dort wurden sieben Einschläge gezählt, die nicht genau zugeordnet werden konnten. Wenn Sie wollen, hole ich ...«

»Nein, ersparen Sie uns das.«

Es war auch so schon ungeheuerlich genug. Für den Kanzler der Bundesrepublik Deutschland Gerald Junginger war das Geschehen einfach nicht begreifbar. Obwohl er es sah, hörte und *wusste*, ging es einfach nicht in seinen Kopf hinein, als wäre es nicht real. So fühlte sich nur ein Traum an - ein ultimativer, abgrundtiefer Albtraum.

»Stellen Sie das ab«, sagte er, weil die Aufzeichnungen immer noch liefen.

Bergholm beeilte sich, der Aufforderung nachzukommen. Auch er war erschüttert, flüchtete sich jedoch in seine Aufgaben als Assistent. Innerlich war er froh, dass er nur Zuarbeiten leisten musste und nicht die Verantwortung trug.

»Sind alle sicher im Bunker angekommen?«, fragte der Kanzler, woraufhin sich Bergholm zunächst räusperte.

»Was?«, setzte Junginger nach.

»Nicht alle«, gab Bergholm zu.

Die beiden Männer standen sich gegenüber, schwiegen sekundenlang und vermieden dabei jeden Blickkontakt.

»Wer nicht?«, flüsterte der Kanzler schließlich.

»Naumann, Breders, Ohlen und einige Familienmitglieder.«

Junginger erschrak heftig. »Meine Frau ...?«

Er verstand selbst nicht, dass ihm Anna erst jetzt einfiel. In seinem Bauch entstand ein Druck, der rasch zunahm und innerhalb kürzester Zeit zu einem richtigen Schmerz wurde. Wie konnte er sie nur vergessen?

»Ihre Frau ist in Sicherheit«, beruhigte ihn sein Assistent.

Der Kanzler benötigte eine Weile, um das aufzunehmen. Mit entsprechender Verspätung spürte er die Erleichterung. Aber ein Funken schlechtes Gewissen blieb dennoch in ihm.

»Machen Sie mir eine Aufstellung, wessen Angehörige es nicht geschafft haben, damit ich ...«

Wortlos reichte ihm Bergholm einen seiner Ausdrucke, den Junginger entgegen nahm und mit gekräuselter Stirn überflog. Die Buchstaben und Zeilen waren kleingedruckt, deshalb waren es mehr Namen, als es zunächst den Anschein hatte.

»Verdammt, das ist nicht gut.«

An der Tür des Raumes, in dem sich die beiden befanden, hatte sich einer der Leibwächter des Kanzlers postiert. Matthias Wagner war vier Jahre lang einfacher Polizist gewesen, bevor er sich für eine Spezialeinheit gemeldet hatte. In dieser hatte er ebenfalls vier Jahre abgeleistet, etliche Einsätze mitgemacht und einige Auszeichnungen erhalten. Dann wurde er umgeschult und zu den Personenschützern versetzt. Nachdem er für einen Minister der alten Regierung verantwortlich gewesen war, hatte er nun für die Sicherheit der Nummer Eins des Staates zu sorgen.

Genau das hatte er getan, als er vor etwa neunzig Minuten das Kommando »Erdmännchen« erhielt. Er hatte nicht eine Sekunde gezögert, hatte zusammen mit einem Kollegen den perplexen Kanzler unter die Arme gefasst und ihn mitgezogen, fast schon geschleift. Sie befanden sich gerade auf einer Pressekonferenz, und als die Personenschützer für alle Anwesenden so überraschend und scheinbar grundlos eingriffen, begann ein Blitzlichtgewitter wie nie zuvor. Ein dritter Kollege bahnte ihnen, ohne dabei Rücksicht zu nehmen, einen Weg durch die protestierenden Medienvertreter. Es gab einige zersprungene Kameralinsen, ein paar blutige Nasen und zunehmende Verwirrung unter den Anwesenden. Keiner der Beamten kümmerte sich darum.

Draußen stopften sie ihren Schutzbefohlenen in die gepanzerte Limousine, sprangen selbst hinein und eine irre Fahrt begann. Die begleitenden Motorradpolizisten hatten Mühe dranzubleiben, denn offenbar waren sie gar nicht informiert worden, was los war und wohin es gehen sollte. Matthias Wagner dagegen wusste dies: der Kanzler musste aus der Stadt zum geheimen Bunker geschafft werden, dessen Standort noch geheimer war. Unterwegs verloren sie einen der Motorradpolizisten, als dieser eine Kurve verpasste, und sie verschuldeten mindestens zwei Auffahrunfälle. Nichts davon brachte sie zum Anhalten.

Kommando »Erdmännchen« war eindeutig.

Keine rote Ampel und kein Fußgänger auf der Straße konnte die Limousine verlangsamen. Einige Male dachte Wagner, dass sie jemanden überfahren würden. Doch die Leute konnten sich im letzten Augenblick mit einem beherzten Sprung zur Seite retten, oder das Fahrzeug passierte sie im Abstand von nur wenigen Zentimetern. Die Betroffenen schimpften und gestikulierten ihnen hinterher, was die Beamten jedoch ignorierten. In einer

Kurve schrammten sie einen LKW, der ihnen entgegenkam. In einer anderen Kurve knallten sie mit den Rädern so heftig gegen die Bordsteinkante, dass normale Reifen wohl geplatzt oder zumindest stark beschädigt worden wären. Dann waren sie raus aus der Stadt, fuhren Landstraßen mit abnehmender Qualität, bis sie schließlich den Bunker erreichten.
Danach geschah *es*.

Die Welt sah völlig in Ordnung aus. Da war nichts, was auf eine Katastrophe hinwies. Städte, Dörfer, Landstriche - alles war so, wie es sein sollte. Doch das war ein Trugbild, denn die Satellitenaufnahmen zeigten die Vergangenheit, da die Bilder noch nicht aktualisiert waren. Im Bunker hatte man vergeblich versucht, den Kontakt mit den Militär- und Spionagesatelliten aufzunehmen, die für diesen Fall eigentlich vorgesehen waren. Man konnte nur vermuten, dass alles Militärische gezielt ausgeschaltet worden war. Nach anfänglicher Verwirrung und Unsicherheit kam daher jemand auf die Idee, das normale Internet zu benutzen, welches wenigstens noch rudimentär funktionierte, auch wenn es der Zeit um einiges hinterher hinkte.

Erst nach zwei Wochen tauchten neue automatische Bilder eines kommerziellen Satelliten vom nordamerikanischen Kontinent auf. Genausogut hätte man sich die Kraterlandschaften des Mondes anschauen können. Als das im Bunker bekannt wurde, gab es erste, vereinzelte Selbstmorde. Weitere folgten dann, als etwa einen Monat später die Karten von Europa aufgefrischt wurden.

Immer wieder hatte es in der Vergangenheit Stimmen gegeben, die vor diesem Vernichtungspotential gewarnt hatten. Sie wurden abgetan, beschwichtigt, zurechtgewiesen. Viele der Personen, die sich in den Bunker hatten retten können, gehörten zu diesen Beschwichtigern und Zurechtweisern. Manche von ihnen sahen ihre Fehler ein, andere hielten sich für unschuldig am Geschehen, da sie zuvor viel zu wenig Einfluss gehabt hatten. Die meisten jedoch waren immer noch zu tief geschockt, um überhaupt in diese Richtung zu denken.

Das Vorwärtskommen war in dem strahlungssicheren Anzug ziemlich mühsam. Matthias Wagner kämpfte sich inzwischen seit drei Tagen durch abgelegene Gegenden, von denen er hoffte, dass sie weit genug von den Einschlägen, den hundertfachen *Ground Zeros* entfernt waren. Es war ihm nicht gelungen einen Geigerzähler aus dem Bunker mitzunehmen, weil er sehr überstürzt aufgebrochen war. Er hatte nur den Anzug, eine Karte und etwas Proviant bei sich, wobei er wusste, dass Letzterer nur noch für kurze Zeit reichen würde. Danach würde er sich etwas Neues einfallen lassen müssen.

Er folgte gerade einem Landweg, der früher einmal befestigt, inzwischen aber sehr heruntergekommen war. Zuvor hatte er ein Waldstück passiert, welches so gesund und normal ausgesehen hatte, dass ihm fast die Tränen gekommen wären. Das Laub der Bäume wies ein sattes Grün auf, ebenso viele Farnpflanzen am Boden. Vögel zwitscherten und Sonnenlicht brach in warmen, weichen Strahlen durch das Blätterdach. Alles wirkte, als wäre nichts Böses geschehen. Wenige Schritte weiter ließ er die Bäume hinter sich und sah gleich mehrere seltsam verdorrte Sträucher, die nicht verbrannt waren und dennoch verkohlt erschienen. Es war der krasse Gegensatz, der ihn dazu brachte, seinen Gefühlen freien

Lauf zu lassen, auch wenn dadurch seine Sicht behindert wurde. Da er einen Helm trug, konnte er die Tränen nicht fortwischen. Doch einige Zeit später waren sie von allein getrocknet.

Er bereute nicht, dass er den Bunker verlassen hatte. Es war seine Aufgabe gewesen, den Bundeskanzler in Sicherheit zu bringen und ihn zu beschützen. Das hatte er getan, doch im Anschluss war er überflüssig geworden. Wenn er seinen Chef begleitete, wenn er während der täglichen Sitzungen neben ihm stand, war das nur Staffage. Allerdings erhielt er auf diese Weise Einblicke, an die er sonst nicht heran gekommen wäre. Einiges entsetzte ihn, anderes ernüchterte ihn.

Der Kanzler sorgte sich darum, dass Industriezentren zerstört und dass Schäden in zwei- und dreistelliger Milliardenhöhe entstanden waren. Er machte sich Gedanken um die Minister und Wirtschaftsbosse, die es nicht mehr rechtzeitig geschafft hatten. Und er überlegte, wo der neue Regierungssitz errichtet werden sollte.

Matthias war das irgendwann einfach zu viel gewesen. Er fragte sich, was aus all den *anderen* geworden war. Den normalen Bürgern. Die waren viel später oder gar nicht gewarnt worden. Außerdem hatte es für diese auch überhaupt keine Bunker gegeben. Matthias selbst war ledig und ohne Bindung, weil der Job das letztendlich so mit sich brachte. Doch er dachte in diesen Momenten an seine Schwester, die in Dortmund wohnte. Sie hatte einen Mann und zwei Kinder. Er dachte ebenfalls an seine Mutter, die in einem Dorf in der Nähe von Gütersloh ein kleines Häuschen hatte. Vielleicht hatte wenigstens sie Glück gehabt, hoffte er, wenn überhaupt noch so etwas wie Glück existierte.

Ihm fielen weitere Leute ein, die er kannte oder denen er irgendwann begegnet war; er sah ihre Gesichter, wusste die Namen. Doch das waren längst nicht alle. Es hatte achtzig Millionen Menschen in Deutschland gegeben, für die kein Platz in geheimen Bunkern reserviert gewesen war. Achtzig Millionen - die Zahl ging ihm durch den Kopf. Inzwischen traf sie nicht mehr zu. Achtzig Millionen - das war einmal.

Mit zugeschnürter Kehle stapfte er weiter auf dem Landweg. Es war die Hoffnung, die ihn weitertrieb, obwohl diese nur ein winziger Funken in seinem Herzen war. Er wollte seine Mutter und seine Schwester mit ihrer Familie suchen. Etwas anderes war für ihn nicht mehr wichtig. Etwas anderes fiel ihm gar nicht mehr ein.

Gerald Junginger schaute zuversichtlich in die Gesichter am Tisch. Es hatte in den letzten Tagen und Wochen ein paar Umstrukturierungen gegeben, denn er hatte leider feststellen müssen, dass der eine oder andere seiner alten Parteifreunde nicht willens oder nicht fähig war, den neuen Anforderungen gerecht zu werden. Doch jetzt hatte er eine Führungsgruppe zusammengestellt, die in der Lage sein sollte, all die entstandenen Widrigkeiten zu meistern.

»Ganz oben auf der Liste steht selbstverständlich unser Umzug an einen zentralen Platz«, erklärte der Kanzler, »uns stehen da einige kleinere Städte in Mitteldeutschland zur Auswahl. Eine endgültige Entscheidung, welcher Kandidat neue Hauptstadt werden soll, werden wir aber erst treffen, wenn wir uns vor Ort ein näheres Bild gemacht haben.«

Die meisten der Anwesenden nickten beifällig.

»Genauso wichtig ist allerdings auch die zügige Wiederbelebung der Wirtschaft«, fügte Junginger hinzu und erntete damit das Nicken der beiden Männer rechts von ihm, die sich bis jetzt mit ihrer Zustimmung zurück gehalten hatten.

Günther Theiss war Vorstandsvorsitzender der größten Bank, und Ralf Ettmann war Hauptaktionär von gleich mehreren DAX-Werten. Die beiden würden beim Neuaufbau Deutschlands überaus wichtig sein, glaubte der Kanzler. Deshalb hatte er die beiden mit ins *Boot* geholt.

»Was wird aus den Ressourcen hier im Bunker?«, fragte Meike Rohdendorf, die einzige Frau in der Runde. Sie war die Bildungsministerin.

»So weit ich informiert bin«, fügte sie ergänzend hinzu, »haben wir nicht genügend Fahrzeuge, um alle Vorräte und das gesamte Inventar auf einmal mitzunehmen.«

»Das wird später nachgeholt«, sagte Junginger.

»Warum ziehen wir überhaupt um? Das habe ich immer noch nicht verstanden.«

»Ich dachte, das hätten wir längst geklärt. Durch die zentrale Lage verkürzen wir die Kommunikationswege. Außerdem können dort Leute aus den anderen Bunkern zu uns stoßen, was uns weitere Ressourcen einbringt. Und desweiteren bringen wir so mehr Abstand zwischen uns und den *heißen Zonen* - schließlich weiß ja niemand, was noch alles von da kommen könnte.«

Kanzler Junginger dachte an den Umweltminister, den er aus dem Gremium ausgeschlossen hatte, weil dieser anscheinend nicht verstand, worauf es inzwischen ankam. Vielleicht sollte er Meike Rohdendorfers Rolle ebenfalls noch einmal überdenken, notierte er sich im Stillen.

»Ja, gut«, meinte die derweil, »es ist nur so, dass ich Bedenken habe, wie das alles logistisch funktionieren soll. Die Verlegung, die Nachschubversorgung und die Bewachung des Bunkers, wenn wir abgereist sind.«

»Meike«, stieß Gerald Junginger müde hervor und machte dabei eine weitausholende Armbewegung, mit der er alle Anwesenden einschloss, »wir haben alle Erfahrungen mit solchen Dingen. Wir haben ein Land regiert, Firmen und Institutionen geleitet. Da werden wir ja wohl in der Lage sein, einen simplen Konvoi in die Spur zu schicken.«

»Oh, ich zweifle ganz gewiss nicht an den hier versammelten Führungsqualitäten, *Gerald*. Ich frage mich nur, ob irgend jemand in diesem Raum schon einmal einen LKW gefahren hat. Ich nämlich nicht.«

»Dafür haben wir ...«

Der Kanzler brach seine Erwiderung ab. Ihm fiel der Morgenbericht seines Assistenten Bergholm wieder ein. Von den ursprünglich zwanzig Bundeswehrsoldaten - auch da hatten es nicht mehr geschafft - waren nur noch acht bei ihnen geblieben. Die anderen waren nicht von verschiedenen Außenmissionen zurückgekehrt, ohne dass jemandem der Grund dafür bekannt war. Dasselbe galt für einige der Leibwächter, die ebenfalls - allerdings ohne Außenmission - verschwunden waren.

»Ich glaube, wir haben einen großen Fehler gemacht«, sagte Meike Rohdendorf mit einem seltsamen Unterton in der Stimme.

Der Kanzler legte die Stirn in Falten. Was meinte sie? Hätte er die Verschwundenen etwa als *Deserteure* ausrufen sollen? Das würde Unruhe bringen, und der Nutzen wäre gleich Null gewesen ...

»So schwer wird es ja wohl nicht sein, einen LKW zu steuern«, mischte sich nun Ralf Ettmann ein.

»Genau«, bestätigte Günther Theiss, »zur Not fahren wir eben etwas langsamer.«

»Ja, und beim Beladen werden wir wohl auch etwas langsamer sein.«

»Wieso beim Beladen?«, fragte Theiss.

Meike Rohdendorf lächelte traurig.

»Beim Be- und Entladen, beim Fahren, beim Häuserbauen, wenn wir da sind, sogar beim Müllentsorgen. Wir werden bei allem langsamer sein, denn *wir* werden alles selbst tun müssen. Es ist niemand mehr da, an den wir delegieren können.«

Sie winkte ab, stand auf und verließ den Raum. An der Tür wandte sie sich noch einmal um und sagte: »Wir haben einen Fehler gemacht, einen großen Fehler.«

Gerald Junginger blickte ihr hinterher. Er hatte die Botschaft verstanden, aber sie sickerte nur tröpfchenweise in sein Bewusstsein. Wie lange hatte die Ministerin benötigt, um es zu begreifen? Wie lange würden die anderen noch brauchen, bis es auch bei ihnen ankam?

Der Bunker war für rund zweitausend Personen gebaut und ausgestattet worden. Die Versorgung mit Atemluft, Wasser und Energie war vorbereitet gewesen, Vorräte waren angelegt worden. Und es hatte eine *Liste* gegeben, damit die wichtigsten Leute herbeigeschafft werden konnten. Obwohl es einigen nicht gelungen war rechtzeitig einzutreffen, konnte man die Aktion »Erdmännchen« getrost als Erfolg betrachten.

Viele Regierungsmitglieder, Politiker, ehemalige Staatsfunktionäre, Wirtschaftsmagnaten, Adel und Geldadel hatten den Bunker erreicht. Sie hatten zum größten Teil ihre Familien mitgebracht, ihre Schoßtiere, ein paar Assistenten, ein paar Sekretärinnen und einige Kisten mit Familienerbstücken und wichtigen Dokumenten. Sogar eine Handvoll Künstler und Wissenschaftler war im unterirdischen Schutzbunker gelandet.

Im Großen und Ganzen war es die Elite der Gesellschaft. Sie waren diejenigen, die lenken konnten, die wussten, wie man Wahlkampfreden hielt, wie man Gesetze machte oder abschaffte, wie man Subventionen sinnvoll einsetzte, wie man sich auf Staatsbanketten richtig verhielt. Sie konnten regieren und leiten.

Doch es war niemand mehr da, den sie regieren oder leiten konnten. Ebenso war niemand da, der die physische Arbeit leisten würde, die nötig war, wenn man all das Zerstörte wieder neu errichten wollte. Dazu wurden Fachleute gebraucht: Bauarbeiter, Elektriker, Handwerker, Transporteure, Versorger und Entsorger. Sie hatten schlichtweg vergessen, dass es außer ihnen noch andere Leute gab, die wichtig waren, wenn eine Gesellschaft, eine Wirtschaft, ein ganz normaler Alltag funktionieren sollte.

»Was kann denn am Beladen so schwierig sein?«, fragte Günther Theiss, der Vorstandsvorsitzender der größten Bank im Land.

Einfach vergessen, dachte Junginger und schloss seine Augen... ignoriert ... unterschätzt ... abgetan ...

-

Die Fremden

»Warum soll das falsch sein?«, fragte Kuwl enttäuscht.
»Weil so etwas unmöglich ist«, sagte sein Vater mit Nachdruck.
Kuwl schaute zu Boden, betrachtete seine Fußspitzen. Er empfand diese Einschätzung als ungerecht und viel zu voreilig.
»Aber ich habe davon geträumt«, meinte er ohne aufzublicken.
»Nicht alles, was man träumt, entspricht auch der Wahrheit. Wenn du dein Leben sinnvoll gestalten willst, musst du lernen, wie man einen Traum von der realen Welt unterscheiden kann.«
Damit war Kuwl zwar nicht einverstanden, aber er schwieg aus Respekt vor dem Vater. Doch innerlich widersprach er, denn sein Onkel Tugij hatte ihm eine andere Erklärung geliefert. Träume waren entweder das Abbild der Vergangenheit oder der Zukunft. Sie gingen immer in Erfüllung - irgendwann. Manchmal war es bereits vor langer Zeit geschehen und längst vorüber; manchmal erlebte man das gerade oder demnächst, und manchmal passierte es viel, viel später. Das Wichtigste dabei war allerdings, dass man ganz fest daran glauben musste, hatte der Onkel ernst gemeint.
Und Kuwl glaubte, denn er hatte in drei aufeinander folgenden Nächten dasselbe geträumt. Da war ein riesengroßer Röhrenbaum auf Feuerflammen vom Himmel herab gestiegen. Als er den Boden berührte, verschwand

das Feuer unter ihm, als wäre es nie da gewesen. Nur auf dem Untergrund war eine schwarze, verkohlte Fläche zurück geblieben. Danach tat sich an einer Seite des Baumes eine Öffnung auf und seltsame Gestalten stiegen aus dieser hervor. Sie trugen Kleidung, die wie Metall aussah, und sehr sperrig wirkte. Aber das Sonderbarste an den Wesen waren ihre Arme und Beine. Dabei war es gar nicht einmal das Aussehen sondern vielmehr die Anzahl ihrer Extremitäten.

Kuwl hatte diesen wiederkehrenden Traum mit den traditionellen Techniken und Farben aufgemalt. Es waren gute Bilder geworden, fand er, und sie gaben tatsächlich genau das wieder, was er in seinem Kopf gesehen hatte. Sogar sein Vater lobte die Qualität der Bilder, aber sein Lob bezog sich ausschließlich auf die künstlerische Umsetzung, nicht auf den Inhalt. Das hatte er sogleich deutlich gemacht.

»Es ist einfach unmöglich«, beteuerte er nun nochmals, da er wohl bemerkt hatte, dass Kuwl nicht überzeugt war; »Überlege doch einmal. Wie soll das denn funktionieren? Niemand kann längere Zeit auf zwei Beinen stehen oder laufen, ohne dass er dabei umfällt. Versuche es selbst, dann wirst du feststellen, dass ich Recht habe.«

Kuwl schmollte. Aber ihm fehlten die Argumente, um diesen Worten sinnvoll widersprechen zu können. Er nahm sich vor, noch einmal mit Onkel Tugij zu reden, vielleicht hatte der noch andere Argumente.

Dann sammelte er die Bilder zusammen und zog sich in seine Ecke zurück. Dort legte er sich auf die Matte, knickte seine drei Beine ein, um so eine bequeme Haltung einzunehmen und war im nächsten Augenblick eingeschlafen. Kuwl träumte erneut von den zweibeinigen Gestalten. Dieses Mal sah er genauer hin, ob sie nicht doch eine zusätzliche Stütze hatten. Aber er konnte keine solche erkennen.

Die Wesen hatten wirklich nur zwei Arme und zwei Beine.

Das Patent

Als Stefan den Raum betrat, war er zunächst ein wenig verwirrt. Er hatte erwartet, dass eine Menge Leute anwesend sein würden. Aber es war nur ein einziger Mann, der an dem tresenartigen Raumtrenner stand und leise mit dem Beamten dahinter sprach. Gleichzeitig war es genau dieser Mann, der sozusagen Schuld daran war, dass Stefan erst einmal warten musste.

Da ihm also nichts anderes übrig blieb, setzte er sich auf einen der schlichten, hellblauen Plastikstühle, legte sich seine schmale Aktentasche auf den Schoß und bemerkte erst jetzt, wie aufgeregt er war. Das Gefühl nahm rasch zu, und er fragte sich, wie lange der Mann dort noch brauchen würde.

Er wurde immer ungeduldiger, weil das so *dauerte*. Bitte beeilen, dachte Stefan und warf einen Blick auf die Uhr, die an der kahlen, weiß gestrichenen Wand hing.

Er saß noch nicht einmal eine Minute hier, stellte er überrascht fest. Trotzdem war es, als ob ... ach, er war einfach nervös, entschuldigte er sich selbst. Seine Hände fühlten sich an, als wären sie aufgebläht, und sie zitterten sogar. *Adrenalin*, wusste Stefan. Er war voll von dem Zeug. Wie lange noch ...?

Das letzte Mal, als er so aufgeregt war, lag schon eine Weile zurück. Aber er erinnerte sich noch sehr genau daran. Zwei Typen hatten ihn auf offener Straße angesprochen. Die beiden waren recht jung, sahen aber dennoch nicht ungefährlich aus. Dummerweise war Stefan in Gedanken gewesen und hatte deshalb nicht mitbekommen, was ihn die beiden gefragt hatten. Als er höflich darauf hinwies, reagierten die Jungs deutlich verärgert. Der eine trat auf ihn zu und ...

»Hallo, Sie sind dran. Kommen Sie bitte zu mir.«

Stefans Kopf ruckte hoch. Der andere Mann vor dem Tresen war fort, und der Beamte dahinter schaute ihn nun auffordernd an. Mit zwei, drei großen eiligen Schritten war Stefan bei ihm. Er legte die Aktentasche auf die Oberfläche des Tresens und öffnete sie, wobei ihm das Zittern seiner Hände peinlich war.

»Ich bin das erste Mal hier«, meinte er entschuldigend.

»Guten Tag«, entgegnete der Beamte mit einer Spur Vorwurf in der Stimme.

»Oh, ja, äh - guten Tag.«

Stefan lief rot an. Er hatte sich eigentlich ein paar passende Worte zurechtgelegt, die bedeutsam sein sollten. So was in der Art: *ein kleiner* Schritt ... Aber das fiel ihm jetzt nicht mehr ein.

»Ich bin zum ersten Mal ...«, wiederholte er und brach ab, als er merkte, dass er dies bereits erwähnt hatte.

»Ist ja ziemlich leer hier«, versuchte er daraufhin seine Verunsicherung zu überspielen.

»Was haben Sie denn erwartet?«, fragte der Beamte.

»Oh, ich dachte, weil es doch jeden Tag ein paar hundert Anmeldungen geben soll«, sagte Stefan und fügte hinzu: »habe ich gelesen.«

»Das stimmt wohl, gilt aber weltweit. Wir sind jedoch nur ein einzelnes Patentamt, da hält sich der Andrang in Grenzen. Also, was kann ich denn für Sie tun?«

»Ich habe etwas erfunden und möchte ein Patent anmelden.«

Der Beamte gab einen Brummlaut von sich und zog eine Augenbraue hoch. Stefan presste die Lippen zusammen, während das Zittern seiner Hände weiter zunahm. Verlegen nahm er einen Stapel zusammengehefteter Papiere und ein flachgedrücktes, eiförmiges Objekt von der Größe eines Mobiltelefons aus der Aktentasche.

»Ich habe alles genau aufgezeichnet und dokumentiert.«

»Das reicht nicht aus. Sie müssen außerdem noch dieses Formular ausfüllen«, erklärte der Beamte und zog den entsprechenden Vordruck unter dem Tresen hervor.

»Könnten Sie mir dabei helfen? Das habe ich noch nie gemacht.«

»Ich weiß, Sie sind zum ersten Mal hier. Und *ja*, ich werde Ihnen helfen.«

»Man möchte ja keine Fehler machen«, murmelte Stefan kaum verständlich.

Der Beamte nickte unbeeindruckt.

»Was haben Sie denn erfunden?«

»Eine Zeitmaschine.«

»Aha«, machte der Beamte, deutete auf den eiförmigen Gegenstand, der zwischen ihnen lag; »und das hier ist die Fernbedienung dazu?«

»Nein, das *ist* die Zeitmaschine.«

Es entstand ein Schweigen, das mehrere Sekunden anhielt. Stefan stellte fest, dass sich seine Aufregung auf einmal verflüchtigt hatte. Dafür begann nun ein euphorisches Gefühl in ihm aufzusteigen. Es war fast so, wie er sich das immer vorgestellt hatte. Zuerst war zweifelnder Unglaube da, dann kam allmähliches Verstehen und am Ende wäre er der gefeierte Held. Er sah sich auf einem Podest stehen, Scheinwerfer waren auf ihn gerichtet, eine unüberschaubare Menschenmenge hatte sich um ihn versammelt, bejubelte ihn und ...

»Wie groß ist die zeitliche Reichweite? Wieviel Maximalmasse und oder Volumen kann bewegt werden? Funktioniert das Gerät in Vergangenheit und Zukunft, oder kann nur in die Vergangenheit gereist werden?«

»Was?«

Stefan verzog seinen Mund, was recht unvorteilhaft wirkte.

»Für eine genaue Klassifizierung Ihrer Zeitmaschine benötigen wir detaillierte Parameter.«

»Oh ... ja, das habe ich alles in meiner Beschreibung.«

Der Beamte blickte Stefan tief in die Augen. Dann verdrehte er die eigenen und grinste kühl.

»Wissen Sie eigentlich, wie viele Leute zu uns kommen und behaupten, Sie hätten eine Zeitmaschine erfunden?«

»Nein, ich habe keine Ahnung«, gab Stefan kleinlaut zu.

»Also, ehrlich gesagt: so viele sind das gar nicht. Aber das spielt überhaupt keine Rolle, denn ich weiß, dass Sie eine Zeitmaschine gebaut haben, die tatsächlich funktioniert. Immerhin - Sie sind Stefan Fahlmann. *Mir* sind Sie wirklich gut bekannt.«

Die Verblüffung stand Stefan im Gesicht geschrieben. Er war sich ziemlich sicher, dass er seinen Namen noch gar nicht genannt hatte. Außerdem verwirrte ihn der plötzliche inhaltliche Richtungswechsel des Beamten, der ihn eben noch abkanzelte und ihn im nächsten Moment plötzlich lobte.

»Ich heiße Chris«, sagte dieser jetzt.

»Hallo«, meinte Stefan äußerst zurückhaltend.

»Ich freue mich, Sie - den Pionier der Temponautik - kennenzulernen. Ach, übrigens, ich bin ein Zeitreisender.«

»Ach.«

In Stefans Kopf schrillten die Alarmglocken. Offenbar wollte ihn der Mann ...

»Hier, schauen Sie.«

Der Beamte, der sich als Chris vorgestellt hatte, zog ein kleines, eiförmiges Gerät aus der Hosentasche. Es war dem anderen, welches bereits auf dem Tresen lag, ziemlich ähnlich. Als er dann auf die kleinen Tasten drückte, erschienen auf dem Display Zeichen und Symbole, die Stefan verdammt bekannt vorkamen.

»Wie ist das möglich?«, fragte er tonlos.

»Ganz einfach«, erwiderte Chris, »Sie erfinden eine Zeitmaschine. Ich werde zweihundert Jahre später geboren und wachse in einer Gesellschaft auf, in der temporale Verschiebungen und Veränderungen nichts Besonderes sind.«

Stefan staunte. Sein Misstrauen war noch nicht völlig beseitigt, doch die Euphorie in ihm wurde schon wieder größer. Ein Podest, Scheinwerfer, Anerkennung ...

»Sicherlich wissen Sie, was ein *Paradoxon* ist«, meinte Chris.

»Natürlich. Wenn ein Zeitreisender etwas in der Vergangenheit ändert, ändert er damit auch seine Gegenwart. Zum Beispiel könnte er seinem eigenen Großvater begegnen und ...«

»Jaja, schon gut. Den Kreisel kennen wir schon. Ich habe da eine viel bessere Geschichte.«

Chris griff wieder in seine Hosentasche und förderte einen Geldschein zu Tage. Es handelte sich dabei um einen 50-DM-Schein, der seit fast zwanzig Jahren nicht mehr in Gebrauch war. Dafür war das Exemplar allerdings in einem sehr guten Zustand, sah beinahe neu aus.

»Schauen Sie genauer hin«, forderte Chris den Erfinder auf.

Der tat dies und fand zunächst einmal nichts, bis der vermeintliche Zeitreisende auf eine bestimmte Stelle auf dem Schein tippte. Es war eine Jahreszahl.

»2016? Das kann nicht sein«, sagte Stefan.

»Doch. Es wäre der normale Verlauf der Geschichte gewesen. Der sogenannte Ostblock überdauerte, auch wenn es einige Veränderungen gab. Aber eine deutsche

Vereinigung fand nie statt. Die D-Mark blieb erhalten. So war das, bis jemand zurückreiste und alles auf den Kopf stellte.«

»Wie soll den ein einziger Mensch so etwas Großes beeinflussen können?«

»Es ist wohl tatsächlich so, dass der Verantwortliche die gewaltigen Folgen seines Tuns im Voraus nicht abschätzen konnte. Und er hat außerdem abgestritten, dass dies seine Absicht gewesen wäre, soweit ich das weiß. Trotzdem hat er es erreicht, auch wenn er es nicht wollte. Ist Ihnen denn nie aufgefallen, wie eigenartig und konfus sich dieser DDR-Politiker bei jener berühmten Pressekonferenz verhielt, als er die Grenzöffnung ankündigte? War schon seltsam, oder?«

»Aber es gab doch die Vereinigung«, beharrte Stefan.

»Ja, in *Ihrem* Zeitstrang. Doch der ist falsch, er ist paradox. Das kann nicht einfach hingenommen werden, sondern muss korrigiert werden.«

»Gut, das verstehe ich. Könnte man denn nicht die Pressekonferenz sozusagen *nachträglich* abbrechen lassen oder so?«

»Es wäre schön, wenn das alles so simpel wäre. Ich werde da wohl etwas weiter ausholen müssen, um das zu erklären«, sagte Chris und wendete den Geldschein.

Als Stefan hinschaute, verstärkte sich der unwirkliche Eindruck, der bereits in ihm zu keimen begonnen hatte. Er wusste zwar nicht mehr, was auf dem Geldschein abgebildet war, als es die D-Mark noch gegeben hatte. Doch er war sich absolut sicher, dass es kein asiatisch aussehender Mann gewesen war.

»Wer soll das denn sein?«, fragte er.

»Das ist Kaiser Wang Xuan. Er ist der Herrscher über zwei Drittel der Welt, auch über Deutschland, beziehungsweise: er müsste es sein, wenn nicht ein eifriger Nationalist in die Vergangenheit gereist wäre.«

»Die Chinesen beherrschen uns?«

»Genau. Ein gewisser Admiral Zheng He entdeckte im Jahr 1425 Amerika von der Westseite her. Der damalige Kaiser Yongle ließ Provinzen errichten und trieb die Erschließung und Besiedlung des Kontinents voran. Als die Europäer knapp siebzig Jahre später ankamen, war nur noch wenig vom Kuchen übrig. Damit schuf sich China eine enorme Machtbasis und im Verlauf der nächsten Jahrhunderte wurde dann ein Großteil Europas geschluckt.

Und an dieser Stelle kommt der Nationalist ins Spiel. Er reist zurück in die Vergangenheit, sorgt dafür, dass der Kaiser überraschend an einem Herzanfall stirbt, bevor der seinem Admiral den Auftrag zur Erkundung des östlichen Ozeans - also dem Pazifik - geben kann. Anschließend bringt der Zeitreisende den neuen Kaiser dazu, sämtliche Erkundungen per Schiff einzustellen. Und plötzlich ist China aus dem Rennen, nur weil es Amerika nicht entdeckt hat.«

»Das ist mir irgendwie zu weit hergeholt«, erklärte Stefan.

»Mag sein. Aber das ist die wahre Geschichte. Das, was Sie kennen - also mit Kolumbus, USA, einig Deutschland und Euro - das sollte so gar nicht sein.«

»Aber ich kenne es nicht anders. Wie ist das möglich?«

Chris breitete die Arme aus, setzte eine erwartungsvolle Miene auf und überließ es seinem Gegenüber, selbst auf die Antwort zu kommen. Nachdem Stefan einen Augenblick überlegt hatte, nickte er verstehend.

»Es ist ein *Paradoxon*«, sagte er stockend. Dann hob er das Kinn und kniff seine Augen zusammen.

»Sollte es nicht eine Art Aufsichtsbehörde geben, die in solchen Fällen eingreift und korrigiert?«

»Sehr gut«, bestätigte Chris, der Temponaut.

Erneut steckte er seine Hand in die Hosentasche. Als er sie wieder herauszog, hielt er eine Plastikkarte zwischen Daumen und Zeigefinger. Auf der Karte war ein Hologramm, das deutlich erkennbar, farbig und mit einer ungewöhnlich großen Tiefe versehen war. Das Gesicht des Temponauten wurde darauf dargestellt. Hinter diesem befand sich eine symbolische, doch sehr plastische Sonne. Ansonsten gab es einigen Text und eine Kuckucksuhr mit einem beweglichen Pendel. Stefan war tatsächlich davon beeindruckt. Es sah zwar völlig ungewohnt, trotzdem irgendwie echt aus.

»Ich bin Vollzieher dieser Behörde, von der Sie eben gesprochen haben«, sagte Chris.

»Und was tun Sie gegen all diese *Veränderungen*, wenn die doch falsch sind? Reisen Sie den Verursachern hinterher oder voraus?«

»Teilweise haben wir das getan. Aber es war sehr aufwändig und kompliziert. Bedenken Sie, dass ich Ihnen nur von zwei Fällen berichtet habe, weil es diejenigen mit dem größten Einfluss waren. Es gab wesentlich mehr Eingriffe.«

Chris steckte die holografische Ausweiskarte wieder weg. Als er gleich darauf seine Hand aus der Tasche zog, hatte er eine Pistole in derselben. Stefan wich erschrocken einen Schritt zurück.

»Alle paar Jahre oder Jahrzehnte erfindet jemand eine Zeitmaschine«, erklärte Chris mit ruhiger, sachlicher Stimme, »Aber so genial diese Erfindungen auch sein mögen, ihr Burschen denkt nie über die Konsequenzen nach, über die *Paradoxons*, die daraus entstehen können, wenn unverantwortliche Personen diese Technologie in die Hände bekommen. Und früher oder später geschieht das, denn solche Spinner gibt es wirklich genug.

Wir haben immer wieder versucht einzugreifen und zu berichten, wenn da jemand auf die Idee kam, in der Geschichte herumzupfuschen. Das waren hunderte Einsätze, weil eine kleine Änderung eine Vielzahl anderer nach sich zog. Sie haben sicherlich schon einmal etwas vom Schmetterlingseffekt gehört. Irgendwann mussten wir daher feststellen, dass weitere Korrekturen nicht mehr möglich waren. Es überstieg schließlich unsere Ressourcen und unser Personal. Und da haben wir einen neuen Weg eingeschlagen: wir beseitigen den Ursprung des Übels.«

Stefans Augen weiteten sich, als ihm die Bedeutung dieser Worte bewusst wurde. Er stieß einen kurzen Schrei aus, drehte sich um und wollte fliehen. Doch er kam nicht weit. Chris drückte ab, und offenbar war er ein geübter Schütze.

Mutter Erde

Jarnot betrachtete das Gesicht des rotbraunen, kraterübersäten Mondes durch das Panoramafenster der gemieteten Raumyacht, während er gleichzeitig ein durchsichtiges und nur schwach vorhandenes Spiegelbild seines eigenen Gesichtes wahrnahm. Die Beleuchtung in der Kabine war gedämpft, und der Bordcomputer spielte leise ein paar langsame, klassische Musikstücke aus dem späten einundzwanzigsten Jahrhundert. Wohl auch deshalb war Jarnot in eine seltsame Stimmung gerutscht, die seine Aufregung, seine Ruhe und sein Glück in sich vereinte.

Durch die Fortbewegung der Yacht mit hoher Geschwindigkeit schien es, als ob sich der Mond schneller drehen würde, als dies in Wirklichkeit der Fall war. Jarnot verfolgte die scheinbare Bewegung mit den Augen, doch seine Gedanken waren mit den Geschehnissen der letzten Tage beschäftigt. Vor knapp zwei Wochen hatte er gemeinsam mit seiner Partnerin Etira diese Urlaubsreise begonnen, die im Grunde genauso verlaufen war, wie er sich das vorgestellt und gewünscht hatte. Zuerst waren sie im Graumont-System gewesen, hatten sich dort die berühmten Ruinenstädte auf Kalkas angesehen, von denen trotz aller wissenschaftlichen Erklärungen noch immer behauptet wurde, dass sie von lebenden, nichtmenschlichen Wesen geschaffen worden wären.

Danach hatten sie drei Tage und zwei Nächte auf einer der romantischen und noch berühmteren Inseln mitten im Kalkasozean verbracht. Dort waren Etira und er völlig allein gewesen. Außer den Palmen, Sträuchern, Gräsern und den anderen genetisch angepassten Pflanzen gab es nur noch die Serviceroboter und die Verwaltungs-KI. Die warme, angenehme Sonne, die salzige Meeresluft und natürlich der Sex waren einfach wunderbar gewesen.

Als nächstes waren sie in das Felime-System gesprungen. Die Kolonisten des dritten Planeten galten bereits seit Jahrzehnten als die ultimativen und angesehensten Künstler. Musik, Theater, Malerei, Literatur, was auch immer: wer einen Erfolg - selbst wenn es nur ein geringfügiger war - auf Felime III vorweisen konnte, wurde überall im restlichen Sternenreich als Superstar gefeiert. Jarnot hatte mit einem der Künstler gesprochen, obwohl er inzwischen gar nicht mehr wusste, womit der sich eigentlich beschäftigt hatte. Dieser erklärte ihm, dass auf Felime III ausschließlich der Erfolg als solcher an erster Stelle stand. Geld wäre auf dem Planeten dagegen kaum zu verdienen. Das holte man sich woanders, indem man mit positiven Kritiken von Felime entsprechende Werbung betrieb.

Die dritte Station ihrer Reise war eine zweitägige Safari durch den Dschungel und die Savannen von Colceo IV. Von dieser waren Etira und Jarnot gleichermaßen enttäuscht gewesen. Ihr Führer hatte ihnen zwar erklärt, dass sie einfach nur zu einer ungünstigen Jahreszeit gekommen waren, und dass die meisten Tiere irgendwo ihren Sommerschlaf hielten. Doch das war weder eine Begründung für die schmutzigen Sitzgelegenheiten noch für die beschädigte Antigravfederung der Fahrzeuge. Letzteres machte aus den Fahrten ein einziges Geschüttel, jede Unebenheit wurde zur Tortur.

Der rotbraune Mond verschwand hinter dem Rand des Panoramafensters. Jarnot hätte sich zur Seite beugen können, dann würde er die kratervernarbten Kugel noch eine Weile sehen können. Doch daran hatte er kein Interesse. Er schaute stattdessen nach vorne, in Flugrichtung.

Irgendwo dort, wo jetzt nur Schwärze und ein paar entfernte Sterne zu erkennen waren, befand sich das Ziel dieses letzten Ausfluges. Jarnot hatte dieses als Höhepunkt der Urlaubsreise geplant, der zugleich auch eine Überraschung für Etira sein sollte, denn sie wusste noch gar nichts davon.

»Hallo Liebling«, hörte Jarnot hinter sich.

Das breite Grinsen kam von ganz allein, während er sich umdrehte. Etira stand in der Tür, als hätte sie seine Gedanken gespürt. Sie hatte sich locker in ein Bettlaken eingewickelt, ihre Haare standen etwas wirr vom Kopf ab, und ihre Augen wirkten klein und verschlafen.

»Sind wir schon da?«, fragte sie, »Wo auch immer das sein mag.«

»Fast. Vor einer halben Stunde haben wir den letzten Sprung gemacht. Ich schätze, dass wir die ... dass wir *unser Ziel* in zweieinhalb bis drei Stunden erreichen werden.«

»Was ist denn unser Ziel?«, meinte Etira mit einer solchen Beiläufigkeit, dass es einfach auffallen musste.

»Das ist mir momentan völlig entfallen«, erwiderte Jarnot, wobei er seine Arme übertrieben theatralisch ausbreitete.

Etiras schmale Augenbrauen zogen sich zusammen, als wäre sie verärgert. Sie schien etwa eine Sekunde lang nachzudenken, was sie von dieser Antwort halten sollte. Dann näherte sie sich Jarnot, wobei sie ihr Kinn entschlossen vorschob. Nur einen Schritt vor ihm blieb sie wieder stehen. Die Falte zwischen ihren Brauen verschwand, dafür glitzerte etwas Spitzbübisches in ihren Augen. Mit lässiger Eleganz breitete sie nun ebenfalls ihre Arme und damit auch das Bettlaken aus, da sie dieses an den Ecken festhielt. Wie die Flügel eines Engels, dachte Jarnot begeistert - eines nackten Engels.

»*Das* wirst du so schnell nicht wiedersehen«, prophezeite sie ihm.

»Und du wirst es auch nicht berühren«, fügte sie mit einem ausweichenden Hüftschwung hinzu, als er nach ihr greifen wollte.

»Das kannst du mir nicht antun«, sagte Jarnot.

»Doch kann ich.«

»Bitte nicht!«

»Oh verflucht«, stieß Etira plötzlich aus, während sie über Jarnots Schulter blickte.

Der schaute sich schnell und erschrocken um, konnte jedoch nichts entdecken, was ein Problem hätte darstellen können.

»Was denn?«

»Ich sehe ja schrecklich aus«, stöhnte Etira, während sie ihr Spiegelbild im Panoramafenster betrachtete.

Erleichtert wandte sich Jarnot wieder seiner Partnerin zu, blinzelte und versicherte ihr: »Nein, du siehst sexy aus.«

»Sicher ... huch!«

Jetzt war es ihm gelungen, sie am Handgelenk zu fassen und zu sich heranzuziehen. Seine andere Hand packte eine ihrer Pobacken. Er wollte seinen Kopf zwischen ihre Brüste legen. Doch Etira drehte sich weg, ließ sich seitlich auf seinen Schoß fallen, wobei er kurz nach Luft schnappen musste. Sie schlang ihre Arme um seinen Hals, so dass sie beide vom Bettlaken umhüllt wurden.

»Du solltest es mir besser sagen«, flüsterte sie ihm zu, stupste dabei mit der Nase gegen seine.

»Nein, das geht nicht.«

»Wenn du es mir nicht sagst, kann es sehr unangenehm für dich werden.«

Bevor Jarnot etwas entgegnen konnte, bewegte sie sich auf seinem Schoß. Etira rieb mit ihrem Hintern über die zunehmende Schwellung in seiner Hose.

»Sehr unangenehm!«, bekräftigte sie.

»Oh, das ist nicht unangenehm«, widersprach er.

»Doch, doch, das wird es werden, denn mehr als jetzt, wirst du nicht bekommen.«

Jetzt musste er zugeben, dass sie Recht hatte. Wenn sie das wirklich durchziehen wollte, würde es tatsächlich sehr hart für ihn werden - im wahrsten Sinne des Wortes.

»Aber es soll doch eine Überraschung werden«, versuchte er es in einem flehenden Tonfall.

»Keine Ausreden!«

»In zweieinhalb Stunden sind wir sowieso da.«

»Das werden dann *lange* zweieinhalb Stunden voller Enthaltsamkeit für dich werden«, kündigte sie ihm erbarmungslos an, während sie sich noch drängender an ihm rieb.

»Oh Mann!«, keuchte Jarnot und verdrehte die Augen.

Die Schleusentür schloss sich hinter den beiden Bewaffneten. Danach blinkte die rote Signallampe, bis sie nach weniger als drei Minuten erlosch und die grüne Lampe daneben durchgängig leuchtete.

»Ich habe eine richtige Gänsehaut bekommen«, sagte Etira und hielt Jarnot ihren Arm hin, damit er sich davon überzeugen konnte.

»Ja«, bestätigte der, blickte ihr jedoch in das Gesicht, »war schon irgendwie ... unheimlich.«

»Wer von den beiden war wohl Mensch und wer Roboter?«, fragte sie.

»Keine Ahnung. Ich habe die ganze Zeit immer nur gehofft, dass sie nichts Illegales finden. Dabei hätten sie gar nichts finden können, weil wir nichts dergleichen bei uns haben. Aber trotzdem, ich hatte ein schlechtes Gewissen, als wenn wir tatsächlich *Schmuggler* wären.«

Etira und Jarnot sahen sich gegenseitig an. Sie waren beide ordentlich gekleidet, hatten sich sogar ihre besten Sachen angezogen. Etiras Haare waren gekämmt und zu einer modernen Frisur aufgetürmt. Sie hatten sich richtig fein gemacht, nachdem sich die Patrouille der Reichsgarde für die Kontrolle angemeldet hatte. Jetzt - als diese vorbei war, und die Gardisten ihre Yacht wieder verlassen hatten - prusteten beide plötzlich los.

»P 77 31, schalten Sie Ihren Autopiloten ein«, schnarrte es in lautem Befehlston aus den Lautsprechern der Kommunikationsanlage, »stellen Sie ihn auf den Leitstrahl ein. Eine Zuwiderhandlung dieser Anweisung ist strafbar und wird geahndet. P 77 31, schalten Sie ...«

Die Ansage wiederholte sich. Das junge Paar war wieder still geworden.

»Ich denke, wir sollten tun, was die sagen. Sonst handeln wir uns noch unnötig Ärger ein«, meinte Jarnot.

Als sie danach ihre Plätze eingenommen und den Autopiloten wie vorgegeben programmiert hatten, wandte sich Etira ihrem Partner zu. In ihren Augenwinkeln glitzerte es feucht. Sie ergriff seine Hand und sagte: »Ich danke dir. Das ist wirklich eine gelungene Überraschung. Ich hatte mir immer schon gewünscht ...«

»Ja, ich weiß«, lächelte Jarnot zurück.

Dann schauten sie nach vorne aus dem Fenster. Weiterhin Hand in Hand sahen sie mit bloßem Auge den Flottenaufmarsch. Hunderte, wahrscheinlich sogar Tausende winzig klein erscheinende Punkte flitzten in den Außenbereichen hin und her, bildeten dadurch so etwas ähnliches wie die Umhüllung einer gewaltig ausgedehnten Sphäre. Dabei wussten Etira und Jarnot gleichermaßen, dass jeder dieser Pünktchen ein Patrouillenschiff war wie jenes, von dem sie gerade gestoppt und kontrolliert worden waren. Und dieses Patrouillenschiff war etwa drei Mal so groß wie ihre Raumyacht.

Aber innerhalb der Sphäre gab es noch mehr und wesentlich größere Punkte oder vielmehr: Gebilde. Die grobe Form war bereits zu erkennen. Jarnot zählte zweiunddreißig längliche Körper mit Verdickungen an den Enden. Das mussten die Schlachtkreuzer sein, von denen ab und an in den Medien berichtet wurde. Auch zwischen diesen pendelten viele der winzig anmutenden Patrouillenpunkte. Doch das Zentrum und der wirkliche Blickfang waren die drei Raumkugeln, die kleinen Monden ähnelten. In diesen wurde der wichtigste Wert gelagert und beschützt, den das Sternenreich überhaupt besaß.

»Mein Vater hatte mir als Kind versprochen, mich einmal zur Schatzflotte mitzunehmen. Aber daraus ist nie etwas geworden, nachdem er diesen Unfall hatte«, meinte Etira und drückte Jarnots Hand fester.

Der riss sich vom Anblick der Schatzflotte los; er sah, dass Tränen über Etiras Wangen liefen. Deshalb beugte er sich weit zu ihr hinüber, um diese fortzuküssen. Doch er verlor das Gleichgewicht, rutschte ab, konnte sich nicht richtig abfangen. Das Ganze endete damit, dass er halb vor Etira kniete und halb auf ihrem Schoß lag. Da musste sie lachen, und nach kurzer Verblüffung fiel auch Jarnot mit in das Lachen ein.

»Du machst mich glücklich, Liebster«, sagte sie irgendwann und strich ihm über den Kopf.

Daraufhin rappelte er sich auf, und die beiden küssten sich lange und innig. Als sie wieder voneinander abließen, kehrte Jarnot zu seinem Sitz zurück. Ihre Yacht war inzwischen dem Kern der Schatzflottensphäre deutlich näher gekommen. Jetzt war nicht allein die enorme Größe der drei Raumkugeln beeindruckend sondern auch der Verkehr, der zwischen und um sie herum vorhanden war. Außer den Militärschiffen gab es noch unzählige private Raumschiffe, Boote und Yachten, deren Wege allmählich ein erkennbares Muster bildeten. Sie alle wurden zu einem der Schlachtkreuzer dirigiert, ordneten sich wenige tausend Kilometer vor diesem zu einer leicht geschwungenen Linie. Mit den drei Kugeln im Hintergrund wirkte die Szenerie seltsam, als wären all die Schiffe Perlen, die auf einer gebogenen Schnur aufgereiht waren.

»P 77 31, drosseln Sie Ihre Geschwindigkeit, reihen Sie sich in die Warteschlange ein. Schalten Sie Ihren Autopiloten auf Code Alpha. Eine Zuwiderhandlung dieser Anweisung ist strafbar und wird geahndet. P 77 31 ...«

»Zumindest wissen wir nun, was *77 31* bedeutet«, erklärte Jarnot, »dürfte wohl unsere Position sein.«

»Und das ›P‹?«, fragte Etira, »Das ist immerhin der sechzehnte Buchstabe.«

»Ups. Vielleicht hat das etwas damit zu tun, zu welchem Kreuzer man geleitet wird.«

»Das kann sein. Dann wird es wohl eine Weile dauern, bis wir dran sind.«

»Ja, zwei Stunden, vierzig Minuten.«

»Woher weißt du das?«

»Ist gerade auf dem Monitor erschienen: *Ihre Wartezeit beträgt ...* Was machen wir so lange?«

»Ich könnte dich noch ein bisschen foltern«, meinte Etira und grinste ihn an.

»Nein, zur Abwechslung sollte *ich dich* foltern!«

Etira tat, als würde sie die beiden Möglichkeiten gründlich abwägen.

»Na gut«, sagte sie schließlich, »Probieren wir das mal so herum.«

Vor ihnen ging ein Soldat, um ihnen den Weg zu zeigen, was eigentlich nicht nötig gewesen wäre, da es keine Abzweigung oder kreuzenden Gänge gab. Der Korridor war lang und schnurgerade. Die Wände waren abgesehen von einigen Metallverstrebungen kahl und eintönig. Jarnot hielt Etiras Hand fest in der seinen, während sie dem Soldaten folgten. Hinter ihnen stapfte ein weiterer, der sein Helmvisier im Gegensatz zu dem Vorausgehenden runtergeklappt hatte.

Mit der Waffe im Anschlag und in dem Kampfanzug hatte besonders dieser zweite Soldat etwas Einschüchterndes an sich. Der andere steckte zwar ebenfalls in einem solchen Anzug und war genauso bewaffnet, doch bei ihm konnte man das Gesicht sehen. Das war ein wenig blass, machte aber einen verhältnismäßig freundlichen Eindruck. Und es war *menschlich*, überlegte sich Jarnot. Er hatte irgendwann einmal eine Dokumentation gesehen, in der behauptet wurde, dass die Hälfte alle Infanteristen Roboter wären. Bei diesem Gedanken wollte er sich schon umdrehen, um noch einmal nachzuschauen. Doch irgendwie kam ihm das zu blöd vor.

Der Korridor machte einen Knick und endete dann nach weiteren etwa zehn Metern. Da war nur noch eine Tür, die von zwei weiteren Soldaten bewacht wurde. Die Posten reagierten erst, als die Ankommenden direkt vor ihnen stehenblieben. Ihr Begleiter und Wegweiser, der das Visier offen hatte, schloss es nun und wurde von einer Sekunde zur anderen wieder zu einer unpersönlichen, fast maschinellen Figur, die genauso gut auch ein Roboter hätte sein können.

»Ihre Passierscheine«, forderte einer der Posten.

Jarnot fragte sich, wozu diese überhaupt notwendig waren. Immerhin gab es nur einen Gang hierher, und den waren sie zudem noch unter Bewachung gekommen. Doch trotz seiner Zweifel tat er, was verlangt wurde. Schließlich wollte er keinen Ärger - den wollte er prinzipiell nicht und schon gar nicht in diesem konkreten Fall, nicht so kurz vor dem Ziel.

Etira und er wurden durchgelassen, ihre Begleiter und die Posten blieben zurück. Kaum hatten sie das angrenzenden Zimmer betreten, schloss sich hinter ihnen die Tür. Hohe, fensterlose Wände, unversteckte Kameras in den Ecken, eine recht niedrige Temperatur und weitere, unbewegliche Wachposten zeichneten das Zimmer aus. Beim Atmen entstanden dünne Wölkchen, die sich aber sofort wieder auflösten. Fröstelnd rückten Etira und Jarnot näher zusammen.

Ihnen gegenüber befand sich eine weitere Tür und davor eine Art Tresen. Hinter diesem stand ein Mann im mittleren Alter, der keinen Kampfanzug dafür jedoch eine normale Uniform trug. Er machte eine einladende Geste.

»Kommen Sie näher.«

Obwohl er dabei jovial lächelte, war eine gewisse Schärfe in seiner Stimme, als ob er sie zur Eile antreiben wollte.

»Sie sind also hier, um eine geschäftliche Transaktion abzuschließen?«

»Ja, das sind wir«, antwortete Etira, die etwas schneller war als ihr Partner.

»Sie wollen ein Stück ›Mutter Erde‹ erwerben?«

»Ja.«

Diesmal war Jarnot schneller. Er spürte zugleich den Druck in seinen Augen. Wenn er nicht aufpasste, würde er gleich losheulen, dachte er. Doch das störte ihn gar nicht so sehr, stellte er unmittelbar darauf fest. Die ganze Aktion sollte eigentlich eine Überraschung und ein Geschenk für Etira sein. Das würde sicherlich auch so bleiben. Aber er merkte, dass es für ihn selbst mindestens ebenso wichtig war. Ein Stück ›Mutter Erde‹ - davon hatte auch er immer schon geträumt. Ein solches Stück war etwas Unvergleichliches.

»Wie viel Geld wollen Sie investieren?«, fragte der Uniformierte.

Das junge Paar sah sich an. Jarnot blies die Backen auf. Er hatte sich zwar eine bestimmte Summe zurecht gelegt, doch in diesem Augenblick kam ihm die irgendwie zu gering und damit schäbig vor. Hastig überschlug er, welchen Betrag er noch hinzufügen konnte.

»Können wir uns nicht erst einmal ein paar unterschiedlich große Stücke anschauen?«, schlug Etira vor.

»Nein, das ist nicht möglich«, entgegnete der Uniformierte, »Die Transaktion muss zügig vonstatten gehen. Nennen Sie eine Summe!«

»Dreihundert Galak«, sagte Jarnot und bereute es sofort, weil es in etwas das Dreifache von dem war, was er ursprünglich geplant hatte.

Der Uniformierte verzog keine Miene, verließ das Zimmer durch die abgetrennte Tür. Nach wenigen Sekunden war er wieder da und legte wortlos einen gläsernen Würfel auf den Tresen vor sich. Der Würfel hatte eine Kantenlänge von ungefähr fünf Zentimetern. Das Licht der stabförmigen Deckenlampen spiegelte sich in seinen Flächen. Aber für Etira und Jarnot war das alles, als wäre es überhaupt nicht vorhanden. Sie sahen weder das Glas noch das sich darin reflektierende Licht. Sie sahen nur noch das, was sich *im* Würfel befand. Leicht vorgebeugt standen die beiden da und vergaßen sogar das Blinzeln.

»Ihre Kreditkarte, bitte«, wurden sie vom Uniformierten in die Welt zurück gebracht.

Jarnot spürte ein Prickeln auf der Kopfhaut. Sein Mund wurde allmählich trocken, weil er ihn bereits eine ganze Weile offen gelassen hatte. Etira hockte ihm gegenüber auf der anderen Hälfte ihres gemeinsamen Bettes. Zwischen ihnen lag der Glaswürfel, auf den sie beide seit etlichen Minuten starrten, während sich ihre Raumyacht vom Autopiloten gesteuert von der *Schatzflotte* entfernte. Gleich neben dem Würfel lag eine Folie mit holografischen Zeichen und Symbolen. Das war das Echtheits-Zertifikat.

»Südwesteuropa, Spanien, Mittelmeerküste«, murmelte Jarnot, nachdem er seine Mundhöhle mit Spucke angefeuchtet hatte.

»Das ist wunderbar«, meinte Etira daraufhin leise.

Sie strich vorsichtig mit der Fingerspitze über eine der Würfelkanten. Dabei zitterte ihre ganze Hand, weshalb sie Jarnot verlegen anlächelte. Der lächelte zurück, ergriff die Hand, drehte sie mit der Innenfläche nach oben und stellte dann den Würfel darauf. Eine Träne lief Etira seitlich an der Nase entlang. Mit der freien Hand wischte sie diese fort.

»Wunderbar«, wiederholte sie.

Dann starrten beide wieder auf den Würfel und dessen Inhalt. Von Glas umschlossen befand sich darin ein Stück Erde, *Mutter Erde*. Es war Sand, dunkelbraun mit helleren Streifen darin. Zwei fingernagelgroße Steinchen gehörten auch noch dazu. Das war alles, was man mit bloßem Auge erkennen konnte. Ansonsten gab es noch das Zertifikat, auf dem der genaue Herkunftsort angegeben war.

Mittelmeerküste, Spanien, Südwesteuropa, Planet Erde, der Ursprung der Menschheit. Jarnot kam der Gedanke, dass vielleicht einmal einer seiner Urururahnen über dieses Stückchen gegangen sein könnte. Dann wäre dieser

Moment so, als wenn sich der Kreis schließen würde. Eigenartig, dachte er. Der Ursprung der Menschheit. Die Wiege ...

Schon vor tausend Jahren war die Erde zerstört worden. Danach geriet sie sogar in Vergessenheit, bis sich vor etwa fünfzig Jahren eine Expedition des Sternenreiches aufmachte, um die Überreste des alten Planeten zu suchen.

Und man fand sie, die Mutter Erde.

Jetzt war es Jarnot, der mit zitternder Hand über den Würfel strich.

Nachdem der letzte Kunde den Verkaufsraum verlassen hatte, atmete Mirrel erleichtert auf. Seine Schicht war damit beendet. Der nächste Kunde, der das Zimmer betreten würde, bekam es mit seiner Ablösung zu tun. Er selbst begegnete dieser, als er das Zimmer verließ. Die Begrüßung zwischen ihnen verlief völlig unmilitärisch.

»Na, wie war denn deine Ausbeute?«, fragte der Soldat, der seinen Dienst noch vor sich hatte.

»Ein Zwölftausender, sechs Mal zwischen ein- und fünftausend, ansonsten nur Kleinkram für die Hosentasche«, zählte Mirrel auf.

»Lass mich raten: Je kleiner der Kauf war, umso größer waren die Augen!«

»Genau. Und manche hatte wirklich *riesige* Augen.«

Die beiden lachten, winkten sich zu und gingen auseinander. Mirrel freute sich auf den Feierabend. Er glaubte, dass er den nach der Sechs-Stunden-Schicht auch verdient hatte. Während er sich auf dem Weg zu seinem Quartier befand, plante er bereits, was er heute noch unternehmen wollte.

Zunächst würde er sich umziehen, nahm er sich vor. Er wollte raus aus der Uniform, in der er sich noch nie so richtig wohl gefühlt hatte. Als er sich vor fast zwanzig Jahren für eine Karriere als Berufssoldat meldete, war er davon ausgegangen, dass er in einen Kampfanzug gesteckt und eine Menge Abenteuer erleben würde. Inzwischen war er von dieser jugendlichen Euphorie abgekommen. Er war sogar recht froh darüber, dass er keine Abenteuer mehr zu bestehen hatte, denn er wusste nun, wie häufig die Einsätze in Kampfanzügen tödlich oder mit häßlichen Verwundungen endeten. Da zog er dann doch die einfache Uniform vor, auch wenn er die nicht unbedingt mochte. Sie war ihm zu eng und zu steif. Mirrel mochte es lieber, wenn Kleidung weit und bequem war.

In genau solchen Sachen wollte er bereits in wenigen Minuten durch einen der Parks in der Basis spazieren. Er hatte sich für den Japanischen Garten entschieden. Dort blühten gerade die Kirschblüten, was immer einen schönen Anblick bot. Außerdem würden da bestimmt einige der weiblichen Kameraden in frühlingshaften, knappen Blusen und Röcken herumschlendern. Auch das wäre sicherlich ein angenehmer Anblick, dachte er sich. Dann erreichte und betrat er sein Quartier.

Rasch knöpfte er seine Uniformjacke auf und entledigte sich dieser. Achtlos warf er die Jacke über eine Stuhllehne, Hemd und Hose folgten. Seine Servomaten würden sich um die Sachen kümmern, sie waschen und bügeln, während er seine Freizeit genießen konnte. Bevor Mirrel dann in seine weite, bequeme Kleidung schlüpfte, duschte er sich noch kurz ab.

Er war bereits fertig und wollte sein Quartier gerade wieder verlassen, als sein Blick auf den Glaswürfel in einem der offenen Regale des Wandschrankes fiel. Wie allen Soldaten und Offizieren war auch ihm eines der Mutter-Erde-Exemplare überreicht worden, als er zur Schatzflotte versetzt worden war. Damals war er richtig gerührt gewesen; heute sah er das Glasding eher mit einer gewissen Langeweile. Er wusste, dass viele Kameraden ihren Würfel privat verkauft hatten, was durchaus erlaubt war. Auch Mirrel hatte schon darüber nachgedacht, denn immerhin würde ihm der seine glatt fünfhundert Galak einbringen. Doch irgendwie hatte er sich noch nicht dazu durchringen können.

Das lag sicherlich *nicht* daran, dass ihm die ›Mutter Erde‹ etwas bedeutete, so wie das bei den vielen Käufern der Fall war, mit denen er Tag für Tag zu tun hatte. Nein, für ihn war das nur ein Stück Glas, in dem ein wenig Dreck eingeschlossen war. Dreck, der von irgend woher kam - von Asteroiden, von unbekannten Monden oder von Planeten, die sonst zu nichts zu gebrauchen waren. Die ›Mutter Erde‹ war wohl der größte Betrug, den es jemals gegeben hatte. *Deshalb* wollte er seinen eigenen Würfel nicht verkaufen. Solange er im Dienst Staatsware an unwissende Kunden veräußerte, empfand er das noch als vertretbar. Das war sein Job, und andere trugen dafür die Verantwortung. Wenn er das allerdings mit *seinem* Eigentum täte, wäre *er* derjenige, der betrog. Und das wollte er nicht.

Die Kunden ahnten ja nichts davon. Für sie entsprach die Geschichte von der wiederentdeckten Erde der Wahrheit. Doch Mirrel wusste, dass dem nicht so war. Es stimmte zwar, dass vor etwa fünfzig Jahren eine Expedition gestartet wurde, welche die alte Erde suchen sollte. Aber sie wurde nie gefunden. Da das Sternenreich zu jenem Zeitpunkt jedoch kurz vor dem wirtschaftlichen Zusammenbruch stand, kam ein findiger Kopf darauf, dass man einfach behaupten sollte, man hätte sie gefunden.

Den Angehörigen der Schatzflotte wurde das offiziell nicht mitgeteilt. Doch es dauerte meistens nicht lange, bis jeder von selbst darauf kam. Mirrel hatte das Ganze innerhalb der ersten Woche herausgefunden. Er war enttäuscht gewesen - und zugleich war er beeindruckt, wie es überhaupt gelungen war, ein solches Geheimnis jahrzehntelang zu bewahren. Aber auch das wurde ihm ziemlich schnell klar: Wer einmal in der Schatzflotte war, kam aus dieser nicht mehr heraus. Und das war wörtlich gemeint. Mehr als die Hälfte aller Kriegs- und Patrouillenschiffe dienten nicht dazu, irgendeinen wahnwitzigen Überfall abzuwehren, den es nie gegeben hatte und bestimmt auch nie geben würde. Vielmehr sollten sie verhindern, dass es zu einem Ausbruch eines Mitwissers kam. Die Schatzflotte war genau genommen ein riesiges Gefängnis für ein paar Hunderttausend Menschen, die sich selbst und gegenseitig bewachten.

Trotzdem sah sich Mirrel nicht als Gefangener. Die drei gewaltigen Kugelraumer, die von Außenstehenden immer als eine Art Tresor betrachtet wurden, in denen die Überreste der zerstörten Erde aufbewahrt wurden, waren in Wirklichkeit gigantische, vorbildlich durchorganisierte und wunderschön gestaltete Wohnbasen. Hier fehlte es den Menschen kaum an etwas. Das konnte nicht jeder im Sternenreich von sich behaupten. Mirrel sah es daher schon lange als Glücksfall und Privileg an, dass er hier war. Er gehörte nämlich dem letzten Jahrgang an, der noch zur die Schatzflotte versetzt wurde. Seit mehreren Jahren wurde die Soldaten nur noch aus dem eigenen Nachwuchs rekrutiert.

Mit einem leichten Wackeln seines Kopfes schüttelte er den gesamten Gedankengang ab. Er wollte jetzt in den Japanischen Garten, er wollte dort einen Teil seiner Freizeit verbringen und vielleicht eine nette Bekanntschaft machen.

Mirrel verließ sein Quartier mit einem fröhlichen Lächeln. Er fühlte sich wohl.

Schnick

Stein schlägt Schere.
Papier schlägt Stein.
Ivo gewann jede Runde, und es waren verdammt viele Runden, noch eine und noch eine und dann noch eine. Es war ihm fast peinlich, und allmählich wurde es auch langweilig. Aber diese kleinen Aliens mit ihren großen Augen waren offenbar ganz versessen auf das Spiel. Was sollte er denn machen, wenn sie nicht aufhören wollten? Ivo hatte bereits zwei Mal vorgeschlagen, dass Schluss sein sollte. Das wurde jedoch einfach ignoriert.
Brunnen schlägt Schere.
Die kleinen Aliens schienen nicht müde zu werden. Sie waren zu viert und wechselten sich ständig ab. Verstohlen blickte er auf seine Armbanduhr; es waren inzwischen über drei Stunden, die sie bereits auf diese Weise miteinander verbracht hatten. Und währenddessen war kein einziges Wort gewechselt worden - nur die Handzeichen.
Brunnen schlägt Stein.
Ivo konnte es immer noch nicht glauben, doch es war Tatsache: das hier war ein Erstkontakt.
Papier schlägt Brunnen.

Schnack

Stunden zuvor hatte sich sein heutiger Heimweg als Umweg erwiesen. Zuerst hatte Ivo eine Abfahrt verpasst, weil er sauer auf seinen Chef war, der ihm kurz vor Feierabend zusätzliche und reichliche Arbeit für die nächsten

Tage aufgebürdet hatte. Da er dem seinen Frust nicht ins Gesicht sagen konnte oder wollte, hatte er diesen lautstark im Auto rausgelassen, als er allein war. Und dabei hatte er die Abfahrt verpasst, die er hätte nehmen müssen. Als Nächstes kam eine Baustelle, so dass er nicht wenden konnte, wie er es eigentlich vorgehabt hatte. Also entschloss er sich, die längere und schlechtere Strecke über Clausdorf zu nehmen.

Kurz hinter dem Ort fiel ihm dann ein, dass es eine alte Verbindungsstraße gab, die nicht mehr auf den Karten eingetragen war. Vor ein paar Jahren hatte Ivo diese gelegentlich benutzt, als er noch Ausflüge mit dem Fahrrad unternommen hatte. Das wäre eine Abkürzung gewesen, dachte er und bog ab. Doch er kam nicht weit, denn er fand den Grund heraus, weshalb die Straße aus den Verzeichnissen gelöscht worden war. Man hatte die Betonplatten, aus denen sie bestand, nach den ersten hundert Metern abgebaut.

Da hätte er noch umkehren können, aber irgendwie gefiel ihm der Gedanke nicht. Deshalb und weil er ja noch erkennen konnte, wo es langging, fuhr er weiter. Allerdings war sein Auto kein Geländewagen, und selbst mit einem solchen wäre er wohl stecken geblieben. Die Stelle, an der dies passierte, war vom letzten Regen unterspült und völlig aufgeweicht. Eine Weile versuchte er nun rückwärts rauszukommen, aber die Räder drehten nur durch und versanken immer tiefer im schlammigen Boden. Schließlich gab er auf und wollte Hilfe rufen. Natürlich war der Akku von seinem Handy leer, wie konnte es auch anders sein? Es war eben nicht sein Tag, dachte Ivo und blieb ein paar Minuten mit zusammen gepressten Lippen sitzen. Als er sich wieder etwas gefasst hatte, stieg er aus, um zu Fuß weiterzugehen. Und da sah er sie.

Im ersten Augenblick fielen ihm nur deren großen Augen auf. Ivo verglich die Aliens zunächst mit Kindern, weil sie recht klein waren. Danach verglich er sie mit Plüschtieren, weil ihre Gesichter von einem kurzen Fell oder Flaum überzogen waren. Doch dann erinnerte er sich an E.T.

Erst danach entdeckte er das unscheinbare Raumschiff, das nur wenige Meter entfernt mitten auf einer Wiese stand. Es hatte einen erdfarbenen Anstrich, der den Eindruck vermittelte, als ob dieses Objekt hierher gehörte. Wahrscheinlich hatten die Kleinen Ivo bereits beobachtet, seitdem er in das Matschloch hineingefahren war.

Schnuck

Es wurde langsam dunkel, was seine neuen Freunde nicht davon abhielt, das Spiel weiter fortzusetzen.

Schere schlägt Papier.

Ivo gewann. Was sonst? Als er so darüber nachdachte, fiel ihm auf, dass sie die Regeln gar nicht abgesprochen hatten. Das war allerdings nicht verwunderlich, denn sie hatten ja überhaupt nicht miteinander geredet. Erst jetzt stellte er fest, dass ihn das irritierte.

Papier schlägt Stein.

Dagegen hielt er das ständige Gewinnen inzwischen für selbstverständlich. Es ging ja gar nicht anders, meinte er. Die kleinen Aliens machten nämlich ständig denselben Fehler: sie wollten wohl schneller sein als Ivo und daher zeigten sie ihr Symbol immer als Erste. Er fragte sich in dem Zusammenhang, wie sie wohl die Weiten des Universums gemeistert hatten. Naja, wahrscheinlich war dort die Geschwindigkeit ein Vorteil.

Brunnen schlägt Schere.

Eigentlich wusste er nicht, was ihn hier hielt. Das Spiel begann zu nerven, seine Füße waren nass und wurden kalt, und er wollte nun doch allmählich nach Hause. Irgendwo in einem Winkel seines Verstandes sagte er sich, dass er vielleicht auf irgendeine Alienart beeinflusst wurde. Das war nicht schön, aber offenbar wollten ihm die Kleinen nichts Böses antun. Sonst hätten sie es sicher längst hinter sich gebracht.

Papier schlägt Brunnen.

Ihm schoss eine Idee durch den Kopf, von der er überzeugt war, dass sie tatsächlich seine eigene war. Natürlich gab er zu, dass diese Idee nichts Besonderes war, nichts Weltenveränderndes. Doch er würde dann endlich hier wegkommen, hoffte Ivo. Wie sagte einst C-3PO? »Lass den Wookiee gewinnen.«

Genau das wollte er nun tun.

Schere verliert gegen Stein.

Die kleinen Aliens mit den großen Augen verharrten. Sie schauten ihn an, und erneut musste er an Kinder und Plüschtiere denken. Sie hatten wirklich etwas Süßes an sich. Er betete im Stillen, dass sich das nicht ändern würde. Unwillkürlich kamen ihm scharfe Zähne und lange Krallen in den Sinn. Aber die kleinen Aliens verzogen ihre Münder, ohne dass etwas Derartiges zum Vorschein kam. Sie lächelten nur.

»Wir freuen uns, dich kennenzulernen, Mensch«, hörte Ivo plötzlich ihre Kanonstimmen.

Er nickte, war ein wenig durcheinander, weil sie nicht laut gesprochen hatten, und weil er den Klang immer noch wie einen Echohall im Kopf hatte.

»Du hast bestanden«, fügten sie hinzu.

Das erleichterte ihn.

»Könnt ihr mich nach Hause bringen?«

Und Brunnen
Ivo ärgerte sich nicht mehr über seinen Chef. Das war Vergangenheit. Sein neuer Job war wesentlich stressfreier. Er konnte inzwischen selbst bestimmen, wie viel und ob er überhaupt an einem Tag arbeitete. Staatsoberhäupter und Minister aus der ganzen Welt hofierten ihn. Und wenn er keine Lust hatte, ließ er sie eben vor der Tür stehen. Das hatte er schon einmal mit dem Kanzler und einmal sogar mit dem Amipräsidenten gemacht. Die waren verdammt sauer, konnten aber nichts dagegen unternehmen.

Denn *er* war der *Botschafter*. Ivo war der einzige Botschafter, der von den kleinen Aliens - die eine gewaltige, interstellare Zivilisation vertraten - anerkannt und zugelassen wurde. Sie hatten ihn getestet, für geeignet befunden, und so war er ihr Vertreter auf der Erde geworden. Er - Ivo - nicht irgendein gelernter Parteigänger oder Lobbyist. Wer hätte das gedacht?

Bescheidenheit schlägt Politiker.

-

Das Fenster

Sonnensteigen. Die Tage wurden wieder länger, die Wärme kehrte allmählich zurück, und der Wind verließ die Kalten Berge. Wie bereits seit unzähligen Generationen pilgerten auch dieses Jahr wieder tausende Hiru zum Tal der Sänge, um dort dem langen Lied des Windes zu lauschen, das dieser auf seinem Weg verschenkte. Es war ein uralter Brauch, dem sich niemand je hatte entziehen können oder wollen. Noch nie hatte es einen Hiru gegeben, der nicht von dieser Melodie gefangen und verzaubert worden war.

Eleh nahm zum zweiten Mal am Pilgermarsch teil. Erst im Jahr zuvor hatte er seine Weihe zum Erwachsenen erhalten, was ihn von da an zur Teilnahme berechtigte. Es war ein großer Augenblick für ihn gewesen, als er dann das vernahm, was allgemein als die schönste Erfahrung eines Hiru galt. Manche hielten das lange Lied des Windes sogar für die Erfüllung des Seins überhaupt. In vielen Gedichten gab es mehr oder weniger direkte Anspielungen. Häufig bezogen sich Liebes- und Glaubensbekenntnisse darauf. Eleh hatte das Ereignis kaum erwarten können. Und er war nicht enttäuscht worden, im Gegenteil: Es war ein unvergleichliches Erlebnis für ihn gewesen, eine wahre Offenbarung. Völlig gebannt hatte er jede Strophe, jeden einzelnen Klang förmlich in sich aufgesogen. Als es irgendwann vorüber war, empfand er nichts weiter als eine absolute Befriedigung.

Jetzt war er erneut auf dem Weg in das Tal der Sänge, und wiederum spürte er die erwartungsvolle Aufregung in sich. Er war sehr darauf gespannt, was sich verändert haben würde, denn genau das hatte man ihm vorhergesagt. Die Alten erzählten, dass das Lied von Jahr zu Jahr anders klang. Jedoch waren es lediglich winzige Abweichungen, die man nur dann hörte, wenn man besonders aufmerksam war. Deshalb fragte sich Eleh, ob er diese Unterschiede auch wirklich wahrnehmen würde. Einerseits hoffte er das, andererseits war es ihm allerdings doch nicht so wichtig. Viel bedeutsamer für ihn war, dass er überhaupt lauschen konnte. Darauf freute er sich am meisten.

Doch plötzlich fühlte er sich, als ob er aus einem Traum gerissen wurde. Er hatte den Rand des Tales erreicht, aber dort ging es nicht weiter. Viele Hiru hatten sich an dieser Stelle versammelt, was sehr ungewöhnlich war. Eleh erfuhr, dass sie von irgend etwas aufgehalten worden waren. Das beunruhigte ihn genauso wie auch die meisten der Anwesenden und der Nachrückenden. So etwas war noch nie geschehen. Es gab nichts, was die Hiru auf ihrem Pilgermarsch aufhalten würde. Es sollte eigentlich nichts geben.

Die Unruhe in Eleh nahm weiter zu, wurde zu einer Mischung aus Furcht und Ungewissheit. Er wollte sich nach vorne drängen, doch andere wollten dies ebenfalls. Sie behinderten sich alle gegenseitig, so dass es nur enger und enger wurde. Doch so richtig vorwärts kam niemand. Was war denn nur los? Warum sperrten sich die ersten, das Tal zu betreten? Eleh überlegte verwirrt. Andere stellten die gleiche Frage sogar laut. Einzig eine Antwort blieb aus.

So verfloss viel Zeit, bis Eleh es selbst hörte ...

Es klang falsch. Es klang scheußlich. Es war mehr als nur ein schräger Ton, der sich eingeschlichen hatte. Eine derartige Disharmonie hatte er nie zuvor vernommen. Er konnte sich auch an keine Rede der Alten erinnern, in der von einer solchen berichtet wurde. Dieser Misston war wie ein Fremdkörper in einer Wunde, an deren Rändern sich bereits Eiter sammelte. Ungläubig wurde er sich der Konsequenz bewusst, auch wenn er diese zunächst nicht wahr haben wollte. Das Lied des Windes war zerstört worden. Etwas Tiefschwarzes breitete sich in Eleh aus. Seine Gedanken, seine Gefühle waren wie taub und brennend zugleich. Wer konnte den Hiru nur so etwas Grausames antun? Und warum?

»Woran denkst du?«
Christina stand am Fenster und sog gedankenverloren an ihrer Zigarette. Die Frage benötigte eine Weile, um bis zu ihr durchzudringen. Sie hatte die kahle, abweisende Landschaft betrachtet, die sich dort draußen in einem langgestreckten, flachen Tal ausbreitete. Obwohl es nur selten regnete, sah alles grau und feucht aus. Bodenunebenheiten und vereinzelte, lose herumliegende Steine waren von blassgelben Flechten überzogen, die wie alte, zerschlissene Lumpen wirkten. Dünne Nebelschleier wurden von einem lauen Wind dahingetrieben und verstärkten den traurigen Eindruck.
»Herbst«, sagte Christina leise.
Alles auf diesem Planeten hatte etwas herbstlich Melancholisches an sich. Sie hatte das seit dem ersten Tag gespürt und verabscheut.
»Ach, Mädchen. Sei doch nicht immer so niedergedrückt.«
Christina drehte sich um und ließ ihren Blick über die halbnackte, dunkelhäutige Frau wandern, die sich auf dem Bett rekelte. Mit ihren langen, schlanken Gliedern sah Ruya wie ein Model aus. Die Unterwäsche, die sie trug,

war so stoffarm, dass diese eigentlich gar nicht vorhanden war.

»Und mach die Kippe aus«, meinte die Schönheit lächelnd, »sonst regt sich sich Marek wieder auf.«

Darauf nahm Christina einen besonders tiefen Zug, grinste und blies dann den Rauch provokant in Ruyas Richtung.

»Das ist unser Zimmer. Hier kann ich mir *meine* Lunge vollquarzen, so viel wie ich will. Es sei denn, dass es dich stört.«

»Nein, das nicht. Aber du weißt, was Marek immer sagt. Das belastet die Luftreinigungsfilter zusätzlich, es schädigt deiner Gesundheit und ...«

»... und es stinkt - jaja, schon klar. Nur es ist so, dass mich das nicht interessiert.«

»Du bist heute früh ja wirklich schlecht drauf«, sagte Ruya, während sie den Oberkörper in eine sitzende Position aufrichtete und ihre langen Beine über die Bettkante schwang.

Christina zuckte mit den Schultern.

»Manchmal ist es eben so«, flüsterte sie, und ihr Blick bestrich erneut die karge, trübsinnige Landschaft hinter dem Fenster.

Ruya verließ nun endgültig das Bett, trat hinter die etwas kleinere, blonde Frau und begann, ihr den Nacken und den Rücken zu massieren. Es gab keine Gegenwehr, vielmehr machte Christina einen leichten Buckel und legte den Kopf nach vorn, um die Wirkung der Massage besser zu spüren. Das Bild, welches die beiden Frauen abgaben, hätte ihre Aussage bekräftigt, dass sie ein Paar waren. Nur stimmte das nicht. Sie waren Kollegen und inzwischen auch gute Freundinnen geworden. Das andere war lediglich ein Vorwand, um den recht plumpen Nachstellungen ihres Vorgesetzten Marek zu entgehen. Es war zwar nicht so, dass er seine Stellung missbrauchte. Aber er war in seinen Bemühungen so ungeschickt und gleichzeitig von sich selbst überzeugt. Da sie innerhalb der Station auf diesem abgelegenen Planeten nur zu dritt waren, konnte das mit der Zeit durchaus lästig werden, befürchteten sie. Deshalb hatten sich die beiden Frauen abgesprochen, wobei sie sich das eine oder andere hämische Kichern nicht hatten verkneifen können. Seitdem teilten sie sich ein Zimmer und gelegentlich auch die schlechten Launen.

»Ich hatte mich für Vendur Vier beworben«, erklärte Christina.

»Haben wir das nicht alle?«

»Mag sein. Aber ich hatte mir echte Chancen ausgerechnet. Ich bin ja nun nicht irgendwer in der Exomikrobiologie.«

»Sicher, du bist ganz vorn mit dabei«, bestätigte Ruya ernst, ohne das Massieren zu unterbrechen, »allerdings wärst du auf Vendur Vier nur ein Teilstück der Abteilung EMB gewesen. Hier bist du allein die ganze Gruppe.«

»Oh, ich hätte sehr gut als Teilstück leben können.«

»Das sagst du so einfach. Doch stell dir vor, du wärst tatsächlich da. Dichter Dschungel, Millionen Pflanzen aller Art, tausende Tiere, kleine und große, unendlich viele Bakterien, Ein- und Mehrzeller. Du würdest dich dort nur langweilen.«

»Stimmt«, ging Christina auf den Scherz ein, und ihre eigene Stimme war voller Ironie, »dagegen haben wir hier das reinste wissenschaftliche Schlaraffenland gefunden. Zum Glück ist Marek da, der uns immer wieder bremst. Sonst würden wir uns an all der Arbeit noch verschlucken.«

Ruya legte die Arme von hinten um die Hüften der Freundin, ihre Hände verschränkte sie vor deren Bauch, und sie legte ihren Kopf auf Christinas Schulter. Jetzt schauten beide aus dem Fenster hinaus. Ein Nebelfetzen driftete nahe vorbei, wurde direkt vor ihnen verwirbelt und löste sich auf. Ansonsten waren da nur Steine, Flechten und die Herbststimmung, die nun auch auf Ruya übergriff.

Bei ihr verhielt es sich so, dass sie sich aus eigenem Antrieb für dieses wenig attraktive Projekt gemeldet hatte. Es war eine Flucht gewesen, eine Flucht nach einer zerbrochenen Liebe. Sie wollte inneren sowie äußeren Abstand gewinnen und wohl auch ein wenig leiden. Daher hatte wie sich nach recht kurzer Überlegung für die Arbeit auf diesem Planeten eingetragen, der noch nicht einmal einen Namen sondern nur eine Registrierungsnummer besaß. Ruya dachte, dass die kleine Belegschaft der Station auf eine seltsame Art zusammen passte. Die Gründe für die Anwesenheit jedes Einzelnen waren zwar unterschiedlich, doch sie waren irgendwie durch ein graues Band der Schwermut miteinander verbunden. Und das galt auch für den Planeten, der alles andere als Fröhlichkeit vermittelte.

»Wir müssen«, sagte Ruya und löste sich von der Freundin.

Christina nickt nur und drückte die Reste ihrer Zigarette im Ascher auf der Kommode aus.

»Ja, ein neuer Tag, ein neues Abenteuer«, meinte sie trocken, wobei sie die Augen verdrehte.

Sonnenkehre. Die Disharmonie verging nicht. Sie blieb da, ließ sich nicht verdrängen oder übertönen. Und sie schmerzte auf eine seltene, tiefgreifende Art.

Eleh konnte seine Verwirrung nicht überwinden. Da ging es ihm wie vielen anderen Hiru. Er wanderte zwischen den Gruppen, die sich gebildet hatten. Dort gab es unterschiedliche Ideen, unterschiedliche Vorschläge. Doch überall blieb eines gleich: niemand konnte es verstehen.

In einer Gruppe lernte Eleh ein neues Wort. Lärm. So wurde der Missklang bezeichnet. Er nahm das Wort in sich auf, konnte sich daran jedoch nicht erfreuen. All den anderen erging es ähnlich wie ihm, die Stimmung war niedergedrückt. Die Störung der Hohelieder hatte die Hiru erschüttert, und die Entweihung des heiligen Ortes erzeugte in manchem sogar Entsetzen. Dem Tal der Sänge war sein Lied auf brutale Weise entrissen worden.

Eleh fand schließlich Hiru, die sich wieder etwas gefangen hatten. Ein Gedanke zum Widerstand formte sich hier, erfasste auch ihn. Er stimmte zu, als zur Entschlossenheit aufgerufen wurde. Und er horchte in sich, als nach Mut gefragt wurde. Da er ihn fand, drängte er vor.

Marek Steen trug sein Namensschild an der Brusttasche seines Laborkittels, so wie es in den Vorschriften geschrieben stand. Allerdings hatte er das Schild längst vergessen. Er zog auch den Kittel nur noch aus reiner Gewohnheit an, denn wirklich notwendig war dieser nicht. Es hatte einmal eine Zeit gegeben, als Marek großen Wert auf die Vorschriften und deren Umsetzung gelegt hatte. Doch das war, bevor man ihn hierher versetzte. Zunächst hatte er sich noch geehrt gefühlt, als er zum Stationsleiter ernannt wurde. Dann erfuhr er, wo sich die Station befand. Es war die abgelegenste und zugleich wertloseste Forschungseinrichtung, die es überhaupt gab.

268 Lichtjahre im Nichts.

Sollte dies wirklich alles sein, was er nach fast dreißig Jahren erreicht hatte? Eine Handvoll Pilzflechten, unbedeutende Einzeller, zwei Lesben und keine Chance auf eine baldige Verbesserung. Diejenigen, die er beeindrucken könnte und wollte, waren eine Ewigkeit entfernt. Aber selbst ohne die Distanz ... es gab hier nichts, womit er auf sich aufmerksam machen könnte. Der Planet bot genauso viel wissenschaftliche Profilierungsmöglichkeiten wie eine Kunstdiskussion mit einem Stück Brennholz.

Dennoch machte er seine Arbeit. Testreihe auf Testreihe, die Auswertungen und deren Archivierung. Es war ja nicht so, dass sich Marek langweilte. Da gab es genügend zu tun. Aber er hatte sich einfach mehr vorgestellt als nur einen Katalog von einem Planeten zu erstellen, den im Grunde niemand wirklich interessierte. Das war alles andere als befriedigend, und er konnte sich damit ganz sicher keinen Namen machen.

Manchmal grübelte er, weshalb er auf diesen Posten versetzt worden war. Hatte er jemanden Einflussreichen gegen sich aufgebracht? Wenn ja, wusste er nicht, wer dies sein sollte. Eigentlich hatte Marek immer darauf geachtet, dass so etwas nicht passierte. Es musste einen anderen Grund geben. Doch auch der Gedanke verlief schon bald im Sande. Einerseits fiel ihm nichts ein, was er falsch gemacht haben sollte, so dass er dafür bestraft werden sollte. Andererseits konnte es ein Dutzend Sachen geben, die er bisher für unbedeutend gehalten und nicht weiter beachtet hatte. Möglicherweise war irgend etwas davon aufgebauscht worden.

Die Mutmaßungen brachten ihn aber nicht weiter, daher beendete Marek seine Überlegungen. Letztendlich musste er sich der Entscheidung beugen, ob es ihm gefiel oder nicht. Er musste einfach durchhalten, vielleicht konnte er auf diese Weise punkten.

Also zupfte er seinen Kittel zurecht und wandte sich dem Monitor zu, auf dem Symbole und Diagramme angezeigt wurden. So würde zumindest die Zeit vergehen, dachte Marek missgelaunt. Allerdings konnte er nicht vermeiden, dass ihm die Restdauer seines Aufenthaltes ins Bewusstsein rückte.

Noch sieben Monate...

Sonnenfall. Das Gebilde klang schrecklicher, je näher er ihm kam. Obwohl die Angst dunkle Töne in ihm anschlug, ließ sich Eleh nicht beirren. Sein Mut und seine Entschlossenheit blieben ihm erhalten, denn er schöpfte beides aus der Erinnerung an das Lied des Windes, so wie er es kannte. Er stürmte voran, folgte denen, die vor ihm waren, und andere folgten ihm. Ein Hochgefühl überschwemmte Eleh, der wusste, dass er das Richtige tat.

Die Hiru waren ein friedliches Volk. Doch es gab Zeiten, da war es nicht mehr möglich, dem Kampf auszuweichen. Dieser Augenblick war nun gekommen. In mehreren Wellen griffen sie an. Eleh war dabei. Er sang, während er sich dem Ziel näherte. Die ersten seiner Gefährten erreichten es bereits.

Wie Wogen brandeten sie gegen das Gebilde... und wurden abgewehrt. Trotzdem kannte Eleh kein Zögern. Er stürzte sich auf die Ursache der Missklänge. Aber er glitt daran ab, ohne etwas zu bewirken. Er wand sich, versuchte es erneut, bis seine Kräfte erlahmten. Den anderen erging es ebenso. Das erschütterte ihn, denn er erkannte, dass nun ihr Tal der Sänge verloren war.

Er wollte das nicht akzeptieren. Allerdings wurde ihm klar, dass die Angriffe der Hiru keinen Erfolg brachten. Etwas anderes musste getan werden. Eleh hörte es deutlich. Es waren die falschen Laute, die er aufnehmen und reflektieren musste. Nur so konnte etwas ausgerichtet werden. Doch diese Töne waren eine Qual. Sie durchdrangen ihn und fraßen an seinem Verstand. Er spürte es mit zunehmenden Schmerzen. Dann endlich fand er den Rhythmus, der furchtbar grell und hässlich war. Aber er konnte ihn in sich aufnehmen, ohne davon selbst zerstört zu werden.

Nur am Rande bemerkte Eleh, dass die anderen Hiru von ihm abrückten. Darauf konnte er keine Rücksicht nehmen. Weiter, weiter, trieb er sich an. Es war richtig, wusste er, auch wenn alles in ihm empört und angewidert aufschrie. Weiter...

Er übernahm das Hässliche, tönte genauso, versuchte daraus ein disharmonisches Lied zu formen. Das tat weh, aber Eleh setzte sich darüber hinweg, unterdrückte die bewusste Wahrnehmung des Schmerzes. Nur so konnte es funktionieren. Er kämpfte gegen seine Erfahrungen, gegen seine Erziehung und gegen alles, was ihm bisher etwas bedeutet hatte. Schließlich fand er ein Stück von einer Melodie, die er mehrfach wiederholte.

Und so fand er die Verbindung. Es kostete ihn alle Kraft. Aber es gelang ihm, einen Kontakt zu dem Unbekannten herzustellen. Er sah, dass es ein Erkennen gab. Danach brach er zusammen. Mehr konnte er nicht beitragen. Eleh hatte alles getan, was ihm möglich war. Nun hing es von den anderen ab - von denen, die für den Lärm verantwortlich waren. Sie hatten seine Botschaft erhalten, sie brauchten also nur reagieren.

Die beiden Frauen betraten direkt nacheinander ihr Zimmer. Kaum hatte sich die Tür hinter ihnen geschlossen, zündete sich Christina eine Zigarette an. Genüsslich nahm sie die ersten Züge, nachdem sie den ganzen Tag enthaltsam gewesen war. Währenddessen entledigte sich Ruya ihres Laborkittels und stand anschließend nur noch in ihrer knappen Unterwäsche da.

»Was machen wir heute noch?«, fragte sie.

Christina antwortete nicht gleich. Erst nachdem sie zwei weitere Male den Tabakrauch ein- und wieder ausgeatmet hatte, machte sie einen Vorschlag: »Wir könnten uns über die Arbeit unterhalten.«

Ruya verzog ihr Gesicht.

»Hier ist es total langweilig«, sagte sie und schlenderte zum Fenster.

Draußen war es bereits dunkel geworden. Lediglich der westliche Rand des Tals wurde noch durch den dort etwas helleren Himmel im Hintergrund als wellige Linie hervorgehoben. Ansonsten war nur in unmittelbarer Nähe des Stationsgebäudes etwas zu erkennen. Außenlampen und das Licht, welches durch verschiedene Fenster hinausströmte, sorgten für ein gespenstisch anmutendes Bild. Und die stets vorhandenen Nebelschleier verstärkten den Eindruck noch, sie wirkten jetzt milchig und deutlich substanzvoller.

»Karten?«, meinte Christina.

Ruya wollte schon zustimmen, weil ihr nichts Besseres einfiel, als ihr Blick einem anderen begegnete. Sie zuckte erschrocken zusammen, denn sie schaute gerade zum Fenster hinaus. Doch dort draußen konnte sich kein Mensch ohne Schutzanzug aufhalten. Außerdem war es nur ein einzelnes Auge, das sie sah. Und dieses löste sich gerade in Nichts auf.

»Heilige Scheiße!«, stieß sie hervor, »Hast du das gesehen, Tina?«

»Nein, was meinst du?«

»Da war eben ein ... ein Auge.«

Christina sah zum Fenster, konnte dort allerdings nichts Ungewöhnliches entdecken. Sie schüttelte ganz leicht ihren Kopf. »War wohl eine Spiegelung.«

»Das war mehr als eine Spiegelung«, beharrte Ruya, sie spürte wie sich nachträglich die Haare in ihrem Nacken aufrichteten. Und auf ihren Unterarmen bildete sich eine Gänsehaut.

»Du hast dich nur selbst gesehen«, erklärte Christina schulterzuckend.

»Nein, nein. Dann wäre doch noch mehr da gewesen. Aber es war nur ein Auge. Eigentlich war es sogar nur die Iris mit ein bisschen Weiß drum herum, so dass sich die Form ergibt, als wäre es von einem Lid begrenzt, wie in einem normalen Gesicht.«

Christina musterte die großgewachsene, schlanke Schönheit, schwieg jedoch.

»Bloß, da war sonst nichts«, fuhr Ruya fort, »Verstehst du? Kein Gesicht und auch sonst nichts anderes - außer diesem Auge und das total plastisch. Das war richtig unheimlich.«

»Du hast dich erschreckt«, sagte Christina nun, trat näher heran und streichelte den Arm der anderen, um sie etwas zu beruhigen, »Wahrscheinlich war es wirklich nur eine Reflexion. Deine Haut ist sehr dunkel, deshalb hast du nicht mehr gesehen.«

»Es war ein grünes Auge, so wie bei dir«, flüsterte Ruya und warf der blonden Freundin einen Blick aus ihren braunen Augen zu.

»Irgend etwas ist da draußen«, bekräftigte sie.

»Da gibt es nur Nebel«, erklärte Christina in einem beruhigenden Tonfall.

»Nur ein bisschen Nebel. Sonst nichts.«

-

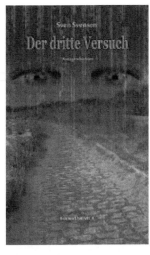

Sven Svenson
Der dritte Versuch
Kurzgeschichten

Der römische Tribun Marcus Aemilius marschiert mit seinen Legionären in Germanien ein, um bei der Niederschlagung eines Aufstandes zu helfen. Er und seine Truppen werden dort jedoch von etwas völlig anderem erwartet, was seinen Glauben an die Götter erschüttert.

Werbetexter Frank stößt zufällig auf eine Möglichkeit, mit der er viel Geld verdienen kann. Wie besessen mehrt er nun seinen Reichtum. Dabei entgeht ihm, dass es nicht immer darum geht.

König Dedemaco wird von seinem Gott aufgefordert, einen Krieg gegen seinen Nachbarn zu beginnen. Obwohl er zunächst Zweifel hat, folgt er dem Gebot. Er hat allerdings keine Ahnung, welche Mächte in Wahrheit dahinter stecken.

Ein Wissenschaftler hat eine Erfindung gemacht, mit der er die Welt verändern kann. Genau das will er jetzt tun.

In diesen 4 Geschichten geht es um Vergangenes, Gegenwärtiges und Zukünftiges. Manches davon mag uns bekannt vorkommen, anderes überrascht oder verblüfft uns. Doch in jedem Fall ist es interessant. Es lohnt sich, in diese Geschichten einzutauchen.

Der Titel ist als Taschenbuch und Kindle-eBook bei Amazon.de erhältlich.

Über den Autor:

Sven Svenson wurde am 13. November 1966 in Rostock geboren und lebt noch immer an der Ostseeküste. Er ist der Region sehr verbunden und verspürte nie den ernsthaften Wunsch diese zu verlassen. 1983 begann er eine Lehre zum Offsetdrucker, die er auch abschloss. Danach übte er den erlernten Beruf jahrelang aus.

Bereits als kleiner Junge war Sven Svenson von Büchern fasziniert, kaum dass er überhaupt lesen konnte. Und fast genauso früh entstand der Wunsch in ihm, selbst solche Bücher zu verfassen. Er wollte Geschichten erzählen, Abenteuer und Ideen niederschreiben.

Im Alter von 14 Jahren kam er dann mit der Science Fiction in Berührung. Bücher von Stanislaw Lem, Klaus Frühauf und den Brüdern Strugazki zogen ihn in ihren Bann. Leider gab es in der ehemaligen DDR nur ein recht begrenztes Repertoire an Lesestoff, so dass der junge Autor sich nicht nur im Lesen sondern auch beim Schreiben eingeschränkt fühlte.

Und so war es die Wende und die anschließende Wiedervereinigung Deutschlands, die ihm neuen Auftrieb gab, denn nun stand ihm alles zur Verfügung, was es gab. Svenson fand nicht nur neuartige Ideen und bislang nicht erreichbare Autoren, es regte auch seine eigene Fantasie an, beflügelte ihn förmlich. Ebenso trug die Erweiterung des literarischen Horizonts dazu bei, dass er in seinem Stil reifer wurde.

Im Jahr 2001 war es dann soweit: das erste Buch von Sven Svenson ("Kreis der Ewigkeit", eine Kurzgeschichtensammlung) erschien. Es folgten weitere Bücher im Jahresabstand. ("Wandelstern", "Planet der Sandblumen", "Die Mondgöttin", "Zeit der Zeitlosen").

Danach kam es zu einer Schaffenskrise des Autoren. Private Probleme ließen ihm kaum noch Zeit, sich mit seiner geliebten Science Fiction zu beschäftigen. Doch sein Schreibdrang ließ nie völlig nach. Und so kam dann im März 2014 die hier vorliegende Kurzgeschichten-Sammlung heraus.

Weitere Bücher folgten.

www.svensvenson.de

1.Auflage 03/2014

ISBN-13: 978-1499244977

ISBN-10: 1499244975

Die Fremden von der Erde © 2014 by Sven Svenson

www.svensvenson.de

Alle Rechte vorbehalten.

Covergestaltung: Jan Levart

Edition LASENECA

Edition.laseneca@aol.de

Made in the USA
San Bernardino, CA
27 July 2014